M

Spanish Fiction Short
 Stories Dia

Dia de muertos /

APR 0 3 2003

*narrativa*

Eduardo Antonio Parra, Rosa Beltrán, Mario Bellatin,
Adrián Curiel Rivera, Alejandra Bernal,
Pedro Ángel Palou, Eloy Urroz, Ana García Bergua,
Pablo Soler, Martín Solares, Guadalupe Nettel
e Ignacio Padilla

Eduardo Antonio Parra, Rosa Beltrán, Mario Bellatin,
Adrián Curiel Rivera, Alejandra Bernal,
Pedro Ángel Palou, Eloy Urroz, Ana García Bergua,
Pablo Soler, Martín Solares, Guadalupe Nettel
e Ignacio Padilla

## Día de muertos

Prólogo de
**Jorge Volpi**

Epílogo de
**Guillermo Sheridan**

PLAZA & JANÉS EDITORES, S.A.

DEBOLS!LLO

Diseño de la portada: Equipo de diseño editorial
Fotografía de la portada: © Corbis/Cover

Primera edición: octubre, 2001

© 2001, Eduardo Antonio Parra, Rosa Beltrán, Mario Bellatin,
  Adrián Curiel Rivera, Alejandra Bernal, Pedro Ángel Palou,
  Eloy Urroz, Ana García Bergua, Pablo Soler, Guadalupe
  Nettel, Martín Solares, Ignacio Padilla, Guillermo Sheridan
© prólogo y selección: 2001, Jorge Volpi
© 2001, Plaza & Janés Editores, S. A.
  Edición de bolsillo: Nuevas Ediciones de Bolsillo, S. L.

Queda rigurosamente prohibida, sin la autorización escrita de los titulares del «Copyright», bajo las sanciones establecidas en las leyes, la reproducción parcial o total de esta obra por cualquier medio o procedimiento, comprendidos la reprografía y el tratamiento informático, y la distribución de ejemplares de ella mediante alquiler o préstamo públicos.

Printed in Spain – Impreso en España

ISBN: 84-8450-739-4
Depósito legal: B. 37.796 - 2001

Fotocomposición: Víctor Igual, S. L.

Impreso en Novoprint, S. A.
C/. de la Tècnica, s/n
Sant Andreu de la Barca (Barcelona)

P 807394

# ÍNDICE

PRÓLOGO: Qué solos se quedan los muertos, por *Jorge Volpi* . . . . . . . . . . . . . . . . . 9

*Los santos inocentes*, por Eduardo Antonio Parra    15

*Optimistas*, por Rosa Beltrán . . . . . . . . . .    33

*Melville no suele escuchar el sonido del viento*, por Mario Bellatin . . . . . . . . . . . . . . .    43

*Urbarat 451*, por Adrián Curiel Rivera . . . . .    63

*Altar a solas*, por Alejandra Bernal . . . . . . .    83

*Huaquechula*, por Pedro Ángel Palou . . . .    105

*El trueque*, por Eloy Urroz . . . . . . . . . . .    117

*Novia de Azúcar*, por Ana García Bergua . . .    123

*Los cerros de cobre*, por Pablo Soler . . . . . . .    125

*Ajedrez*, por Martín Solares . . . . . . . . . . .    135

*Domingo*, por Guadalupe Nettel . . . . . . . .    139

*El bienquisto a su pesar*, por Ignacio Padilla . .    145

EPÍLOGO: Filípica contra altares, por *Guillermo Sheridan*. . . . . . . . . . . . . . . . . . . . .    155

PRÓLOGO

# QUÉ SOLOS SE QUEDAN LOS MUERTOS

*Jorge Volpi*

—¿Has oído alguna vez el quejido de un muerto?
—No.
—Pues más te vale.

Juan Rulfo,
*Pedro Páramo*

«Los mexicanos poseen una relación muy cercana con la muerte.» He escuchado esta frase cientos de veces, en los contextos más variados, pronunciada con los más diversos acentos, sorprendido de que se nos considere universalmente como una raza de médiums o profanadores de tumbas. Además de las pirámides, los sombreros de charro, los mariachis, el tequila y el chile, a los mexicanos se nos asocia invariablemente con los cementerios invadidos por el tono anaranjado de las flores de cempasúchil, los altares tapizados con papel picado, el *pan de muerto* —un bizcocho azucarado adornado con semiesferas que recuerdan vagamente las terminaciones de los fémures y que, por fortuna, no incluye entre sus ingredientes ninguna porción arrancada a los cadáveres—, las ofrendas de frutas y mole, las calaveras de azúcar —diligentemente provistas con tu nombre— y los irreverentes grabados de José Guadalupe Posada. No es casual, tampoco, que el poema más importante de la literatura mexicana del siglo XX se titule «Muerte sin fin» ni que *Pedro Páramo*, una obra literalmente habitada por los muertos, sea nuestra novela más característica.

Por lo visto, la conjunción de la delicada costumbre azteca de sacrificar corazones frescos con la escabrosa imaginería católica que venera a los mártires y considera fieles a los difuntos ha provocado esta escatológica amalgama de cercanía, burla, ternura y encantamiento que los habitantes de esta región del mundo le profesamos a esa impúdica exhibición del esqueleto que identificamos con la muerte. Decenas de estudios que van de la antropología al psicoanálisis se han empeñado en mostrar los orígenes y consecuencias de esta afición nacional: en resumidas cuentas, como señaló Octavio Paz, el mexicano insiste en transformar el horror natural frente a la extinción en un desafío lleno de bravuconería. Siempre que uno de mis compatriotas se enfrenta a la muerte resulta posible imaginarlo con el perfil de Pedro Infante o, mejor aún, de Cantinflas, y con esa actitud de temeroso desafío con la cual combaten a sus rivales de amores: en su reto siempre hay algo de ridículo, cierta conciencia de la propia flaqueza y, por tanto, la necesidad de enfrentarse al más fuerte aparentando un coraje que en realidad no se posee. Como si un *bluff* bastara para engatusar a la naturaleza, el mexicano busca colocarse en una posición de igualdad ante una fuerza que lo rebasa: con ello no disminuye el poder del adversario —la muerte, por desgracia, nunca pierde— pero, a diferencia de lo que sucede con otras civilizaciones, al menos disfruta un poco más de la breve experiencia de la vida.

Quizá sea este rasgo, precisamente, lo más rescatable de nuestra actitud hacia el inframundo: más que la pedregosa defensa de una tradición inmarcesible, ese humor macabro y distante con el cual contemplamos lo inexorable. En vez del fastidioso respeto provocado por las misas de réquiem o la exaltada carnicería de nuestros antepasados prehispánicos, por no referir otros ejemplos como el solemne dolor de los protestantes o la aburrida impasibilidad de las religiones orientales, la tradición mexicana preserva un destello de ironía —y, por tanto, de crítica— hacia esos morosos rituales que conjuran el pánico y mueven a la resignación. Puede afirmarse, como lo hace Guillermo Sheridan en las brillantes páginas que cierran este libro, que hay pocas cosas más desagradables que prolongar artificialmente una tradición que se empeña en regocijarse con la desgracia ajena —morir, en general, no resulta afortunado—, pero en nuestro caso al menos este afán paródico y carnavalesco ayuda a despejar las pretensiones y los dogmas. Yo mismo nunca me he considerado un mexicano ejemplar y, al igual que Sheridan, procuro mantenerme lo más lejos posible de la humedad de los cementerios —nosotros preferimos llamarlos, con etimológica ignorancia pero mayor ecumenismo, *panteones*—, pero aun así en diversas circunstancias he comprobado con sorpresa que esa «relación privilegiada» a la que me he referido antes se perpetúa naturalmente en mis genes. Aunque no nos demos cuenta, todos los mexicanos tenemos un humor necrófilo por dentro: si no poseemos una relación privilegiada con la muerte —seguimos muriendo como todos—, al menos nos mostramos permanentemente dispuestos a burlarnos de ella y, de paso, de nosotros mismos.

Este libro no pretende contribuir, pues, a esa resurrección folclórica de las fiestas de difuntos, tal como la practican hoy los diversos gobiernos estatales con el argumento de «conservar la tradición» —como escribió Jorge Cuesta, si las tradiciones se preservan es que han dejado de serlo—, sino más bien aprovechar sus metáforas y connotaciones y el poder de seducción que continúan ejerciendo en las mentes contemporáneas. La intención es, más bien, provocar un experimento que permita observar cómo se vive en nuestros días esta fecha y cómo esa costumbre puede ser cuestionada y renovada. De este modo, aunque los doce cuentos que se incluyen en esta antología han sido expresamente escritos para ella por algunos de los mejores cuentistas mexicanos en activo, a sus autores se les dio la sola consigna de hacer que la acción de sus relatos transcurriese el 2 de noviembre. En ningún caso se les pidió que lo asociasen con las festividades tradicionales ni se les insinuó que debiesen utilizar la típica parafernalia ligada con ella. El resultado ha sido, desde este punto de vista, sorprendente: en registros muy variados que van del realismo a la evocación fantástica y de la sátira a la historia o incluso la ciencia ficción, los doce relatos que componen este libro no han dejado de incluir los tópicos relacionados con el día de Muertos pero, sin negarlos, se han atrevido a despedazarlos y a fraguar así su única supervivencia artística posible. En la mayor parte de ellos figuran los altares de muertos, las calaveras de azúcar, las inquietantes flores de cempasúchil, los claroscuros de Posada, pese a que sus tramas recorran el pasado, el presente y el futuro e incluso se sitúen en escenarios que ni siquiera pueden reconocerse como mexicanos. De la estampa lírica y el juego intelectual a la reflexión metafísica y filosófica, esta particular ofrenda mortuoria no intenta representar al conjunto de los narradores mexicanos nacidos a partir de 1960, sino ofrecer una muestra de la paradójica vitalidad de una literatura indefectiblemente ligada con los muertos.

*París, 12 de julio de 2001*

# LOS SANTOS INOCENTES

*Eduardo Antonio Parra*

Una gota de agua estalló en la superficie terrosa arrebatando a Carmen Guerrero del letargo en que la habían sumergido las plegarias a su alrededor. Abrió los ojos. Los ires y venires continuaban en el camposanto entre la luz difusa de un sol que se adormecía del otro lado de las nubes. El viento hacía papalotear las guirnaldas de papel de china, los manteles sobre las tumbas, las estampas de santos con nombres en desuso, las fotos amarillentas; esparcía por todos los rincones el aroma de los manjares enredado en el tufo aceitoso de las veladoras. Aún se escuchaban risas, música, llantos y letanías. Carmen alcanzó el tequila y tomó un trago gordo. Tosió. Se limpió la nariz con la manga de su vestido negro. Después volvió a cerrar los ojos en tanto abría los brazos para tallarse contra el sepulcro, untando los pechos a la losa en un esfuerzo por arrancarle un poco de calor.

Sabía que abrazaba una tumba sin nombre, olvidada como tantas en aquel panteón. Pero qué podía hacer, si su muerto se encontraba unos pasos más allá, en compañía de la viuda y los hijos... Al llegar, varias horas antes, vio cómo los niños acomodaban las ofrendas dirigidos por la madre, y cómo, al terminar, los cuatro se sentaron a comer entre sonrisas igual que si se tratara de un día de campo. Ellos no lo echaban realmente de menos, como Carmen, a quien su ausencia había hundido en el desamparo. Nomás a mí me dueles, Gabriel, dijo desde lejos y dio media vuelta para no ser advertida por María de los Ángeles. Deambuló durante un rato por los andadores, sin prestar atención a los altares que los deudos erigían a sus difuntos. De la base de un nicho recogió la botella y, dándose un poco de valor con unos tragos, desanduvo el camino. Cuando se topó con la tumba abandonada se dejó caer de rodillas para murmurarle sus reclamos, su rencor y su desesperación a ese desconocido cubierto de piedra.

Las lágrimas de Carmen escurrían a la lápida y formaban grumos de lodo que se le adherían a las mejillas. Por unos minutos dejó de recordar a Gabriel: la memoria se le había agotado. Veía los remolinos que el polvo levantaba al enroscarse con su respiración, cuando otra gota se desprendió de lo alto para caer a unos centímetros de su nariz. Enseguida otra y otra más. Alzó rostro y vista al cielo: las nubes se habían cuajado hasta ennegrecer y ahora se desgajaban en goterones que al venirse abajo moteaban la tierra con lunares cada vez más prietos. Pero si nunca llueve..., y Carmen no pudo pensar más porque un trueno cimbró el camposanto dando paso a la tormenta.

Familias, grupos de amigos y dolientes solitarios se desbandaron rumbo a la salida como si te-

seer es la fecha probable de nuestra partida, de nuestra fuga, de nuestro alivio, de ese consuelo final que vendrá cuando queden atrás los dolores, las penas y todas las carencias, y sólo podemos acariciar la certeza de que tal día llegará si vivimos con intensidad esta noche, la de la fiesta, la de la orgía que cada año por una sola vez nos despierta la piel, los apetitos, la lengua, el olfato, los ojos... pronto pasará la llovizna, el placer y la vida nos aguardan allá afuera.

La humedad recrudeció el calor. Emergía de la tierra que no necesitaba del sol para evaporar sus excedentes de agua, tejiendo así un ceñido sudario de niebla entre los sepulcros. Carmen ahora transpiraba mientras el recuerdo de la tarde en que conoció a Gabriel aparecía nítido en su memoria. ¿Pa qué cruza la frontera, mija?, le había dicho. Si lo que quiere es trabajar, no necesita seguirse de frente, aquí mero yo la ocupo pa la pizca de algodón. Y se quedó a disgusto, pues ella estaba acostumbrada a la vegetación abundante, no a aquel paisaje yermo donde había que caminar cientos de metros para toparse con un árbol. Contuvo un sollozo y sus palabras surgieron como una letanía sin volumen, un susurro monótono, como si del otro lado de la losa Gabriel arrimara el oído para escuchar su confesión. Pero nunca tuve una brizna entre los dedos, decía, porque siempre aseguraste que en la pizca las manos de mujer se vuelven una desgracia, y tú las querías suavecitas para sentir mis caricias en el cuerpo. Sonrió al advertir un rumor debajo del mármol. Sabía que Gabriel era de esos hombres que jamás terminan de consumirse, porque si lo hicieran consumirían también a quienes estuvieron cerca de ellos. Lo imaginó abriendo los ojos, revolcándose en el ataúd igual que los nonatos cuando reconocen una voz amada. Luego tuvo miedo. Sí, había escuchado un rumor, pero no dentro del sepulcro de Gabriel sino fuera, atrás, en algún rincón del camposanto.

Pisadas. Parecían pisadas. Carmen giró la vista pero lo único que vio fueron tumbas en silencio, la blancura de las estatuas fúnebres y, más allá, las siluetas de los mausoleos dibujadas al carbón contra el fondo de la noche. La luna se debatía en el cielo para vencer la barrera de las nubes y un haz plateado se abrió paso, triunfante, hasta caer en el cementerio. Aún intranquila, Carmen pegó de nuevo el rostro a la losa que encerraba los despojos de Gabriel Talavera, mas un rastrillar en el piso semejante al de las hojas empujadas por el viento la hizo levantar la cabeza. Temblaba. Agotó el último sorbo de tequila y estrelló la botella en la tumba vecina. El cristal se reventó en un eco que se mantuvo vibrando en la quietud por espacio de varios segundos. Carmen rió. Estoy borracha, Gabriel, dijo con los ojos fijos en la placa. Primero creí oír voces, después pasos, ahora no sé ni lo que oigo. Cogió una de las botellas de vino y la revisó. A la bruja de tu mujer se le olvidó el sacacorchos, ¿en qué estaría pensando? Luego recordó el altar, las ofrendas. A menos que..., y se arrodilló junto al sepulcro a buscar entre las cosas que había tirado.

Su nerviosismo iba en aumento. Sin ponerse de pie, a cada instante erguía la espalda y miraba alrededor intentando escudriñar lo profundo de las sombras. Creía descubrir movimientos en los claroscuros de las esculturas, en el interior de las criptas donde pequeñas luces parpadeaban agitadamente entre la bruma, en los reductos donde las manchas de oscuridad se amontonaban. Percibía el crepitar del silencio: un siseo sordo pero continuo, como el de los organismos que crecen despacio desde la nada. El corazón de Carmen golpeaba duro, con un tamborileo que no se detenía en el pecho sino que arrojaba su ritmo desquiciado al exterior. Cuando la amargura que provenía de sus entrañas le llegó a la boca, supo que debía levantarse y encontrar la salida, que los seres que habitaban el camposanto reclamaban la noche y si descubrían su presencia no podrían contener el asco y el horror hacia ella y su aroma de carne viva y palpitante. Movió una rodilla en el suelo y el dolor que le produjo la punta del sacacorchos sumergido en el lodo la hizo olvidar sus temores. Me estoy volviendo loca, rió de nuevo, esta vez con una risa falsa. Qué cosas se me ocurren, Gabrielito, dijo mientras con manos ansiosas despojaba a la botella de su capucha para encajar en el corcho el espiral. Estoy muy, pero muy borracha. Apenas la destapó, bebió de ella a grandes tragos dejando que el vino tinto borrara de su lengua el sabor de la hiel y de su mente esas ideas absurdas que la inquietaban.

La oscuridad ha caído por completo, ya se fueron los hombres, comienzan a arrastrarse las lápidas, a abrirse los nichos, se animan los inquilinos de las criptas, es preciso recoger las ofrendas de los deudos, emborracharnos hasta la carcajada y el llanto, hasta la histeria que nos aleje de esta creencia de que la inmovilidad y el sueño nos librarán de los sufrimientos de afuera, de las persecuciones, de los peligros de la vida y no de la muerte, que no guarda ningún significado para nosotros porque el temor a morir sólo tortura a quienes tienen algo y nosotros nomás contamos con un pedazo de tierra, o un nicho, o una plancha vacía dentro de un mausoleo, y con esta noche de dos de noviembre para olvidarnos de los trapos en jirones que nos cubren, de los mendrugos de pan tieso envueltos en periódico que disputamos a las ratas, de los platos, tazas, fotos, cajas de música inservibles, boletas de calificaciones de los hijos de otros y estampas de santos martirizados que recogimos en años anteriores, del agujero compartido con un esqueleto que se ha vuelto entrañable, pero sobre todo para olvidarnos de este nuestro miedo a existir que nos mantiene ocultos, alejados del mundo... ya salen los demás, afuera nos miraremos a los ojos sin reconocernos, sin recordar los nombres que no tenemos porque no nos hacen falta conjuros creados por la gente, nos abrazaremos unos a otros para cantar la tonada que persista en la memoria y quizá la luna nos traiga de regreso un rostro familiar, un paisaje de tierras más amables, al sur, que nos haga llorar un recuerdo imposible de revivir, y después, muchas horas después, cerca del alba, cuando el banquete haya terminado y no quede ni una gota de mezcal ni de vino ni de pulque en los envases, regresaremos a nuestro refugio para iniciar de nuevo la cuenta de los días hasta el próximo noviembre.

Sus propios temblores y una tos que era un latigazo en la columna vertebral interrumpieron el sopor alcohólico de Carmen. Soñaba con las manos de Gabriel en un recorrido a través de su cuerpo, con los labios de Gabriel enganchados a su boca, con las palabras de Gabriel que le juraban por Dios y todos los santos que jamás la dejaría sola, que siempre estaría junto a ella, aunque volviera a morirse otra vez y otra vez. En alguna parte del sueño fue presa de la inquietud porque ese hombre ya no se mostraba amoroso con ella, únicamente reía en medio de un entrechocar de vasos, vítores y silbidos, y Carmen tuvo la impresión de que ya no soñaba, de que aquello que se le internaba en los oídos procedía del exterior. Váyanse, dijo y se cubrió el rostro con las manos en busca de la imagen esquiva de su amante, mas la tos que le abría senderos de fuego en los pulmones la despertó a una realidad donde se hallaba a la intemperie, ebria, ardiendo en calentura. No importa, dijo casi sin voz. Mejor si muero. Así estaremos juntos para siempre.

Tensó los músculos y tomó impulso con el fin de ponerse en pie, sin embargo la borrachera y la debilidad sólo le permitieron sentarse. Las nubes se habían ido a otro cielo. Una luna llena, rotunda y espléndida, argentaba en relieve el camposanto donde cientos de sombras se retorcían en una danza descompuesta. Carmen se frotó las sienes y la nuca: el dolor que trepanaba su cerebro le provocaba alucinaciones. No encontró la botella de vino: había rodado al lodo. Al agacharse para recogerla perdió el equilibrio y se fue de bruces. Jadeaba. La fiebre era una coraza que inmovilizaba sus miembros, la hacía castañetear los dientes y le oprimía el pecho. No me dejes, Gabriel, susurró y con grandes esfuerzos reptó unos centímetros hasta alcanzar la botella. Aunque casi todo su contenido había escurrido, aún quedaba suficiente para enjuagar las encías y aliviar aunque fuera un poco el ardor de garganta. Después de beber se acurrucó junto al sepulcro de su amante, apretándose las rodillas, tratando de contener los estertores del cuerpo.

Entonces las vio: las siluetas deformes brotaban de cualquier rincón bajo la luz de la luna. Acercaban el rostro a las lápidas para examinar las ofrendas y enseguida las engullían con desesperación. Arrancaban los corchos a mordidas y dejaban caer el licor en torrente dentro de sus bocas. Carmen se replegó aún más contra el sepulcro, y de su pecho surgió un gemido ronco, continuo. Ya no temblaba, sus huesos se habían paralizado. Con ojos muy abiertos veía el ir y venir de las siluetas que se multiplicaban sin cesar, que se arrimaban a las tumbas cercanas permitiéndole percibir con claridad sus semblantes cadavéricos, descarnados y resecos, sus cuerpos moviéndose rígidos, como si hubieran olvidado la capacidad de desplazarse, bajo harapos que quizá en otro tiempo lucieron un color; sus efluvios agridulces de carne corrupta. Y seguían saliendo de las tumbas, de los nichos. El ruido de las lápidas al arrastrarse le erizaba la piel a Carmen, le retorcía los entresijos obligándola a morderse las mejillas y la lengua para no gritar. No quería que se dieran cuenta de que estaba ahí, tiesa de pánico, violando la sacralidad de su festín.

Gabriel, Gabriel, Gabriel, Gabriel, repetía en voz baja, enronquecida, monocorde, con la intención de sofocar en sus oídos aquellas risas semejantes a chillidos de rata que el alcohol había desencadenado por todo el camposanto, los coros de cantares disonantes, los eructos de satisfacción. Sin embargo, al no encontrar cobijo en sus palabras, Carmen las cambió: Protégeme, Dios mío, por favor, no me desampares... Imposible cerrar los ojos y apartar de sí la visión de esos seres que no eran de este mundo, aunque su aspecto los asemejara a los hombres y las mujeres. Rengueaban de tumba en tumba y emitían sonidos animales al masticar con fauces abiertas los guisados, al lamer los pedazos de pan que se deshacían entre sus dedos antes de que pudieran llevárselos a la boca. Uno de ellos llegó a merodear las ofrendas en el sepulcro contiguo y sus ojos se posaron en Carmen sin verla realmente, como si su mirada la traspasara. Tomó una pierna de cabrito y la alzó a la altura de su nariz. La olisqueó despacio, saboreando su aroma, antes de desgarrarla con una dentadura podrida sin que por un segundo sus pupilas se desviaran.

No soportó más. Expulsó el pavor acumulado en un alarido que no hizo sino llamar la atención de los espectros y emprendió la huida a rastras por el fango, tropezando con las tumbas, arañándose manos y rodillas con las yerbas espinosas crecidas entre las piedras. Lloraba con gemidos entrecortados mientras en su mente invocaba una y otra vez el auxilio de los cielos. Las siluetas la seguían de cerca, con andar vacilante, una botella o parte de una ofrenda en las manos, murmurando entre dientes palabras que Carmen no entendía. Urgida por el miedo, se apoyó en una cruz de granito para levantarse y correr, pero su carrera la condujo a la zona del camposanto donde se hallaban las criptas. Perdió de vista a sus perseguidores y, con el corazón preso de un dolor agudo como si fuera a detenérsele en cualquier momento, tomó aire en un claro rodeado por mausoleos. Su llanto se había trocado en una especie de hipo apenas perceptible. El sudor se le desprendía de la piel y bordaba su vestido de sal. Las piernas se negarían a mantenerla en pie por mucho tiempo más.

Buscó con la vista un refugio seguro. La puerta entornada de una de las criptas era una ruta de fuga y caminó hacia ella. La empujó y un redoble largo y agudo le dio la bienvenida. A la luz de las veladoras, Carmen vio tres planchas de concreto, dos de ellas ocupadas por féretros antiguos. La tercera tenía un petate extendido y los hilachos de una cobija hechos bola, como si alguien acabara de desenredarse de ella. Un frasco de aguardiente, dos o tres colillas de cigarro, una lata de sardinas y un crucifijo junto a la pared completaban el decorado. A pesar del penetrante olor a orines y madera podrida que se desprendía de él, aquel lecho ejercía una poderosa atracción. Carmen lo acarició con la mano. Qué cansada estoy, Gabriel, dijo con la vista nublada. ¿Por qué no acaba todo de una vez? Un golpe de angustia la obligó a retroceder hasta la puerta. Cuando estuvo afuera, se topó cara a cara con aquellos seres, tan cerca que veía cada uno de sus rasgos. Sonreían. Sí, le sonreían con sus tristes muecas de almas en pena que no pueden ocultar su lástima hacia quien aún padece los sufrimientos del mundo. Uno de ellos le tendió su botella, otro se quitó el pan de la boca para ofrecérselo. Carmen continuaba inmóvil, mirándolos nada más. Pero cuando uno de los espectros alargó hacia ella un par de garras negras y huesudas perdió lo que le restaba de fuerza y se vino abajo.

Al abrir los ojos creyó que se trataba de una pesadilla interminable. Sin embargo eran reales el aire denso, irrespirable, el dolor que le molía el esqueleto desde los tobillos hasta la nuca, los objetos duros que se le encajaban en la espalda y esa oscuridad rota únicamente por una línea de luz cerca de sus pies. La habían alzado en vilo. Recordó la presión de decenas de manos aferradas a su carne en brazos y piernas, transportándola de un sitio a otro en medio de exclamaciones ahogadas y risas débiles. Alguien vació en su boca un chorro de mezcal que la hizo toser. Enseguida unos dedos de sabor terroso acomodaron un poco de pan entre sus labios en lo que le pareció un extraño ritual. Pan y vino: mezcal y pan de muerto. Finalmente la habían depositado en un reducto estrecho desde donde, antes de desmayarse, Carmen alcanzó a ver cómo las estrellas del cielo se disolvían primero en una nube de polvo y después en la nada. Me enterraron, comprendió cuando el estómago comenzó a cerrársele en un nudo ciego. Me trajeron a la tumba de Gabriel.

Nomás a mí me dueles... Juntos para siempre... No me dejes, Gabriel... Las frases de amor eterno pronunciadas antes con firmeza le resonaban ahora en el cerebro semejantes a una sentencia. Llena de presentimientos macabros, llevó una mano bajo su cuerpo para comprobar que no se hallaba sobre el ataúd de su amante, como había creído, sino en una superficie llana. Junto a su espalda reconoció un par de botellas pequeñas, un envoltorio de papel, una cajetilla de cigarros, un santito de bulto. Me pusieron ofrendas, pensó y todas las vivencias acumuladas durante la noche se le agolparon en el pecho. Al tiempo que un grito mudo le llagaba la garganta, golpeó con los puños la lápida encima de su rostro y la raya de luz a sus pies vibró haciéndose más ancha. No la habían sellado. La esperanza de escapar la fortaleció. Con rodillas y manos empujó, despellejándose la piel con las aristas del cemento sin desbastar, hasta que la losa cayó al suelo y produjo un estruendo que retumbó en la soledad del cementerio.

Carmen emergió ciega del sepulcro a causa de la intensidad de la luz. Sus piernas resentían la nueva posición e iniciaron un temblor constante, pero sus pulmones jalaron aire puro y el aroma limpio y recalentado del desierto. No le restaban lágrimas para llorar; tuvo que conformarse con un hondo suspiro. Cuando sus pupilas se habituaron al resplandor, supo que habían elegido para ella la tumba sin nombre donde unas horas atrás rezaba por el alma de su amante. Gabriel yacía cerca, apenas a unos pasos. Tú tienes a María de los Ángeles y a tus chamacos, dijo. Quédate con ellos. Y se alejó decidida a jamás volver a dedicarle siquiera un pensamiento.

Caminaba con dificultad, lentamente, rumbo a la salida, pisando su sombra contrahecha, angulosa, coronada con una cabellera revuelta. Un fugaz acceso de nostalgia la hizo recordar tiempos mejores, allá en el pueblo, situado en un valle junto a un arroyo. Al andar sentía las piernas como si fueran maderos hinchados; su vestido estaba cubierto de lodo blancuzco, tenía sangrantes las rodillas, las manos. Las tumbas, los nichos y las criptas que a su alrededor reverberaban a causa de la rabia del sol proyectaron en su memoria a los seres espectrales de la noche anterior. La imagen de sus sonrisas desdentadas, de esos ojos opacos mirándola tendida en un sepulcro ajeno, detuvo sus pasos y aceleró los latidos de su corazón, pero enseguida logró serenarse para reiniciar la marcha. Cuando cruzó el umbral del camposanto con movimientos muy rígidos adivinó, en la mirada temerosa del vigilante, que ella también se había convertido en una aparición.

EDUARDO ANTONIO PARRA (León, 1965) es autor de *Los límites de la noche*, *Tierra de nadie* y *Nadie los vio salir*, con el que obtuvo el Premio Juan Rulfo de cuento en 2000. Actualmente es becario de la Fundación Guggenheim.

# OPTIMISTAS

*Rosa Beltrán*

Hay quienes invierten en la bolsa. Mi tío Aurelio era más inteligente; invertía en los puestos de revistas. Así podía ahorrarse lo que otros gastaban en médicos y en las dichosas terapias psicoanalíticas. «Haga amigos sin frecuentar a nadie.» «Siete pasos en la ingesta del salvado en nuestro cuerpo.» He aquí el *summum* de la sabiduría, nos decía mi tío Aurelio: el manejo que uno hace de su tiempo libre. Hacía un rato que él y papá se habían vuelto unos pensadores positivos.

Ninguno de nosotros sabía qué había sido primero, si la gallina del miedo o el huevo de las revistas. Tal vez un temor difuso había llevado a papá hacia el tío Aurelio (y este a las revistas), aunque también era posible que las revistas solas lo hubieran empujado a alimentar la idea de que el mundo conspiraba en su contra y que sólo el uso de la mente lo llevaría a librarse de este sino. Mi padre tenía sobradas razones para probar su teoría y, según él, gente que lo odiaba para constatarla: Este le tenía tirria, Aquel lo había visto feo y así, *ad infinitum*. O más bien hasta llegar a la afrenta del Primer Motor Inmóvil, mi madre, origen de todos, o casi todos, sus males. Porque también estaba el cuerpo. *Su* cuerpo. Y después del Primer Motor ese cúmulo de nervios, ese magma con vida y voluntad que parecía actuar a sus espaldas era el Rey de los Traidores.

Desde que se volvió un pensador positivo, el tema favorito de mi papá eran sus enfermedades y las estrategias para sufrirlas con dignidad, humillando al resto del mundo con su fortaleza. «En esta vida lo que importa es la actitud con la que tomamos las cosas.» Este era su lema. Y se lo decía a la tía Mayo, por ejemplo, después de mostrarle *El gran libro de la salud* y explicarle que el tipo de diabetes que ella padecía era degenerativa e incurable, en fin, que no tenía remedio.

A pesar de sus juicios implacables, mi papá gozaba de una credibilidad a toda prueba entre los parientes porque padecía o había padecido de todo: hipoglucemia, parásitos, alzas frecuentes del ácido úrico o del azúcar. Y a su experiencia de viejo lobo de mar de las dolencias se unía el que desde su jubilación se había vuelto un meticuloso explorador de Internet donde consultaba las enfermedades y los modos más novedosos de tratarlas.

Mi madre había tomado la nueva faceta de papá como tomó las demás, con una tranquilidad que algunos consideraban heroica. Y desde luego mi padre por poco se desquicia. No podía entender que a la persona que más debía angustiarle la dejaran tan indiferente datos que en cualquier reunión de amigos causaban conmoción. «La verdad es que le importo un pito», se quejaba. Y rencoroso, se guardaba el secreto de una alergia incipiente para comentar sus síntomas ante un público más receptivo.

Sentado en su sillón papá miraba a mi indiferente madre. Con una actitud así, decía, no había manera de no arruinarse la vida... o lo que quedaba de ella. Había aprendido que la actitud de los otros es la prueba más clara del complot y por eso él luchaba y oponía a la calma resignada, aunque tristona, de mi madre, su destino de reveses y dolencias.

Un día mi tío Aurelio habló para informarnos que le había salido una hernia. Esa noche mi papá se presentó en casa del tío con la novedad de una úlcera a punto de reventar. Tres semanas después, en Pascua, tía Tita apareció haciendo eses y agarrándose del aire. Le habían descubierto el síndrome de Menier. No había acabado de explicar el horror que era vivir permanentemente con vértigo cuando vimos a mi papá salir doblado en dos del cuarto de la tele, donde había ido por *El gran libro de la salud* para enseñarle a la tía. Un movimiento brusco, un estirón de más y sin saber ni cómo, se había pellizcado el nervio ciático.

—Les juro que no hay nadie que pueda tolerar un dolor como este —exhaló, desfalleciente, cuando el antiinflamatorio que le puso el doctor empezó por fin a hacerle efecto.

—Ay, Goyo, ahora sí que nos ganaste a todos —dijo la tía Tita, olvidada de su sensación de ir flotando por el mundo sin salvavidas—. A mí al menos no me duele nada, en cambio tú... Eso sí es lo peor que le puede pasar a uno.

Pero mi padre reaccionó a tiempo:

—Bueno... lo peor, no sé, Tita. Tú sabes que todo problema es susceptible de empeorar.

En ese momento, se oyó un ruido. Mi mamá, tan silenciosa normalmente, se desplomó de la silla. Vino el médico, le revisaron la presión y vieron que no había nada que hacer. Estaba muerta.

El pasmo general duró un buen rato. En una familia de tíos tan enfermizos nadie podía entender que alguien muriera estando sano.

¿Cómo le había podido ocurrir algo así?, dijo por fin mi padre. ¿A *él*?

—Creo que este no es momento para eso, Goyo —intervino mi tío Aurelio, ayudándolo a sobreponerse—. Más bien hay que ver el lado positivo: mira, ya nada puede ser peor.

Pero el tío Aurelio se equivocó. No habían pasado ocho meses cuando nos llegó un comunicado del nuevo gobierno avisándonos que se iban a exhumar «sin excepción» los restos de quienes descansaban en el Panteón Jardín, y reubicarlos, a fin de maximizar el espacio. La Secretaría de Redistribución y Control de Recursos había hecho un estudio topográfico de áreas contra costos y solicitaba que los parientes acudieran a reconocer el sitio donde descansaban sus familiares. El comunicado traía una fecha en la que había que presentarse para acreditar el traslado. Sólo que había un problema. La fecha límite estaba vencida y el panteón cerrado «por remodelación» hasta el día de Muertos.

—¡Me lleva la chingada! —dijo mi papá, en un claro atentado contra el pensamiento positivo—. ¡Como si uno no tuviera nada que hacer!

Por un momento, el tío Aurelio lo secundó:

—Y tener que arreglarlo en pleno día de Muertos...

Las semanas previas al traslado estuvieron llenas de quejas y recriminaciones hechas por mi padre a un destino impreciso. Pero luego, poco a poco, fue afinando la dirección. Cada vez que le preguntábamos algo, mi papá contestaba con frases rabiosas que iban dirigidas a mi difunta madre. De pronto, lo sorprendíamos en la cocina, sacando a ciegas algo del refrigerador y diciendo al ver lo que había sacado: «¡Tiro por viaje, siempre llevándome la contra...!» Luego subía las escaleras, se metía al baño, hacía girar la llave del agua y la dejaba correr, metía el pie en el agua hirviente y entonces oíamos una amenaza: «¡Síguele, si al fin...!» No nos hacíamos a la idea de un cambio tan radical en su persona. Pero el golpe de haber visto a mi madre irse antes que él, dijo mi tío, debía doblegarlo al menos por un tiempo en su propósito de programar la mente.

El día 2 nos levantamos temprano. Cuando llegamos al panteón eran cerca de las nueve apenas y sólo para acercarnos a la puerta tuvimos que apeñuscarnos y avanzar entre un tumulto. Las vendedoras de cempasúchil, terciopelo y nube protestaban junto con los deudos: no los dejaban entrar con flores. La gente, que de todos modos entraba con sus ramazos, insultaba, amenazaba con baldes y escobas y uno de los vigilantes se defendía señalando un letrero que habían puesto a la entrada: PROIVIDO PONER AGUA O FLORES EN RECIPIENTES ABIERTOS. Que por el dengue, dicen, dijo una señora. Un gordo a la moda de la onda grupera (o sea con bucles, botas de pico y hebillaza perforándole el ombligo) se coló hasta la puerta y dijo: dengue, mis huevos.

—Ábrete o te rompo la madre, cabrón. —Y se le fue encima al vigilante.

Dos jóvenes rapados lo secundaron.

—Si no vas a respetar tu vida, al menos respetas la de nuestros muertos.

A empujones nos movimos detrás de ellos esquivando gente, restos de figuras de yeso, ramas podridas y montones de tierra. Ni de chiste era la ciudad en miniatura con sus mausoleos de granito o de mosaicos de baño azules donde enterramos a mi mamá. El desorden de la gente coincidía con un intento militar de acomodar a los difuntos en montones de tierra idénticos, en filas. Las que estaban en el ala norte tenían unos letreros de plástico con los nombres de los muertos recién removidos. Otra parte estaba intacta. Y la porción más grande tenía tumbas abiertas a medio trasladar junto a montones nuevos y trozos de figuras, cascajo, vasijas regadas y losas de mármol rotas y recargadas en un muro.

Recorrimos, no una vez, sino varias, el pasillo en que mi madre debía estar. Repasamos, fijándonos bien, las calles aledañas. Mirábamos con envidia a la gente que se agolpaba en los restos de lápidas o en los nuevos montones de tierra, entre las perpetuidades, y acomodaba anafres, comida, papel de china y velas de sebo. Mi mamá no estaba por ninguna parte.

Abriéndonos paso entre el tumulto llegamos al fin hasta el encargado, le pedimos ver los registros.

Nos alarmamos. Las criptas no correspondían a los números de lote. Ahora aparecía un número enorme de inscripciones en terrenos donde antes había diez, doce tumbas. El responsable de inhumaciones nos explicó que por disposición oficial se habían reubicado los restos, enterrando a los difuntos de perfil.

—Es para eficientar costos —explicó, como si ya nadie fuera capaz de hablar con otro lenguaje.

La Comisión de Evaluación de Procesos de la Secretaría de Redistribución y Control de Recursos concluyó que había mucha superficie desaprovechada y decidió imitar el ejemplo de inhumación de la India, donde se ponía un difunto junto a otro. Nos escandalizó la falta de sensibilidad de un gobierno que ahora disponía hasta de los muertos ajenos sin pedir permiso. Pero mi tío Aurelio conservó la calma. Desde que se hizo un pensador positivo era un convencido de que provocamos lo que ponemos en palabra o idea.

—Acuérdate del epitafio que le mandaste hacer —le recriminó a mi padre.

En efecto, en un arranque poético, mi papá había dispuesto una lápida en forma de libro con una inscripción que decía: «Puede ser que esté o que no esté. Su cuerpo no la contiene entera.»

—Y ahora, ¿dónde la buscamos? —preguntó como si se disculpara.

El encargado levantó los hombros.

Mi tío sugirió ir detrás de un cuidador que caminaba entre tumbas. Aconsejó a mi papá que le diera «para sus refrescos» y que no abriera la boca.

—Nomás que hay que esperar turno, si me hacen el favor —dijo el anciano señalando a un tumulto, y se guardó el dinero.

Nada más de ver el gentío que se había juntado en el panteón tuve la sensación de que iba a desmayarme. Entre los deudos que arreglaban sus tumbas había familias enteras, ancianas solas, niños, parejas. Un despliegue hormiguil vistiendo de amarillo y morado el camposanto. Una familia que le había traído música a su difunto caminaba buscando entre escombros seguida de un grupo de mariachis que venía tocando *De qué manera te olvido*.

De pronto, mi padre tuvo un arranque de desesperación:

—¡Te apuesto a que no aparece! —dijo.

—¡Si sigues pensando así, claro que no aparece! —le respondió mi tío, alarmado.

Decidimos buscar por el ala oeste. Comenzamos el recorrido peinando la zona de las tumbas que colindaban con el muro. Mi padre no paraba de hablar de los caprichos de mi madre; que si siempre fue así, que si nunca se podía contar con ella. Y mientras buscábamos a nuestro alrededor, oíamos crecer el descontento. Una anciana acomodaba flores en la tumba que había sido de su esposo y que ahora correspondía a alguien más. Le habían explicado que tenía que moverse unos centímetros, «nomás treinta», pero como el florero le había quedado en el espacio anterior ella seguía recogiendo las flores tiradas y poniéndolas donde siempre. Alguien, de lejos, le gritó:

—¡Comodina!

Un viejo de sombrero y bigote le dijo a mi tío (que se había agachado a verificar el nombre de una inscripción):

—Si causan ese daño entre los vivos, imagínese el que no le causarán a nuestros muertos... Fíjese nomás —y señaló el montón de tierra sobre el que había puesto una cruz con flores, papel picado y unas velas— esta niña de catorce años, enterrada de perfil, a un ladito de este viejo de cincuenta.

Al ver que tampoco en esa calle estaba el nombre de mi madre mi tío fue por mi papá que se había ido a sentar sobre unas varas, como si ya la búsqueda hubiera dejado de importarle. No se sorprendió cuando el tío le confirmó su fracaso.

—¿Qué te dije? Es por llevarme la contra.

Ya para entonces mi tío no hablaba.

Nos cansamos de buscar todo el día y parte de la noche, recorriendo las avenidas, los corredores pequeños; revisamos todos los registros. Vimos el panteón llenarse y luego irse quedando vacío.

Serían cerca de las cinco cuando me despertó el olor a la cera de las velas consumidas. Junto con los primeros rayos del sol llegó el encargado.

—Ya apareció

—¿Apareció? ¿Dónde?

—Está en una tumba, con otro señor.

Explicó que por una confusión de apellidos la habían puesto con los Ramírez-López siendo ella Ramírez-Contreras. Pero esto y no sé qué cosas sobre las fallas humanas en tiempos del orden global lo oí sólo yo. Hacía horas que mi padre y mi tío se habían ido, llevando en la sonrisa el secreto orgullo de los pensadores positivos.

Rosa Beltrán (México, 1960) es autora de las novelas *El paraíso que fuimos* y *La corte de los ilusos* (Premio Planeta, 1995) y de los libros de cuentos *Amores que matan* y *La espera*. *América sin americanos* (ensayo) obtuvo el Florence Fishbaum Award en 1996. Actualmente escribe un tercer libro de relatos sobre el oxímoron perfecto: la pareja, que nunca va pareja.

# MELVILLE NO SUELE ESCUCHAR EL SONIDO DEL VIENTO

## Mario Bellatin

*Melville no escucha el sonido del viento, afirma su madre cuando descubre que su hijo ha redactado una página en blanco.*

Expresión popular, bastante común en ciertos pequeños poblados de América del Norte.[1]

PANORAMA GENERAL

Cuando una criatura muere en los pueblos situados en las partes altas de la cordillera de los Andes, el padre debe avisar de inmediato a los padrinos para que se encarguen de los gastos necesarios. Horas después la madre del párvulo tendrá que cocinar los alimentos que los padrinos están en la obligación de proveer para la celebración del

---

1. Esta expresión tiene diversas interpretaciones. Independientemente de encontrarle un sentido, llama la atención que sean mayormente personas que ignoran la existencia de Herman Melville quienes la utilizan.

velorio. Aquellos padrinos dadivosos deben llegar en la noche acompañados de un arpista contratado especialmente para la ocasión. Los invitados dedican las primeras horas de la ceremonia a descubrir si la criatura murió con los ojos abiertos. Uno a uno se acercan a la pequeña mesa donde yace el cuerpo sin vida y dan en voz alta su opinión. No siempre es fácil darse cuenta hasta qué grado los ojos de un muerto, y menos aún tratándose de un infante, están cerrados del todo. En caso de que los invitados no logren ponerse de acuerdo, los presentes saben que esa duda es síntoma de que pronto el párvulo se llevará consigo a alguno de los allí reunidos. El cuerpo de la criatura es trasladado al cementerio a la medianoche. El padrino debe obsequiarle al sacristán media botella de aguardiente para que repique la campana. En la fosa, que ha sido cavada por el propio padre inmediatamente después de haber avisado a los padrinos del deceso, colocan el pequeño cuerpo envuelto en un hábito generalmente marrón. Luego de enterrarlo comienza el baile. Los arpistas en esos momentos deben tocar algo de gran animación. Los primeros en bailar alrededor de la tumba son los padrinos, seguidos después por el resto de los concurrentes. Los padrinos deben brindar con los padres una y otra vez. Por eso, y más aún si han sido realmente dadivosos, son cargados de vuelta a sus casas.

## Muerte de George presa
### de horribles convulsiones

Cuando me vienen a preguntar si está bien que desentierren de vez en cuando a sus muertos, nunca sé qué contestar. En medio de la fiesta me cuentan cómo se encuentran las calaveras de los padres, de los hijos, de los abuelos, ya que muchas de ellas todavía conservan los ojos en buen estado, con un brillo especial que quiere decir que no han sido destinados por los espíritus a un lugar desagradable. Hablan de los restos de cabellera, atada de la misma manera como fue enterrada. También me cuentan de los vestidos. Me describen principalmente el estado de las telas de las mortajas. Establecen de pronto una extraña competencia entre las telas y la carne. Con el paso del tiempo creo entender el significado de estas comparaciones tan macabras. Cuando se da el caso, con un inusitado orgullo me dicen que los hábitos y las mantas están destrozados por acción de la tierra y los gusanos, y que en cambio las pieles se mantienen tersas, los cutis frescos, las orejas aún delineadas. Parece que tienen obsesión con las uñas. Siempre hacen referencia a ellas. En la forma como siguen creciendo a pesar de las circunstancias. O, por el contrario, puedo ver sus expresiones de quebranto cuando constatan que las uñas es lo primero que la muerte se llevó. Que de las pieles no quedan sino jirones podridos, y que los trajes o vestidos de fiesta con que a veces los entierran se encuentran como acabados de comprar. Nunca me lo han querido decir abiertamente, pero intuyo que piensan que de acuerdo a las condiciones como se mantenga el cuerpo bajo tierra se pueden sacar conclusiones sobre la vida que llevó el difunto. De ese modo saben si se trató de una buena persona, si los dioses estuvieron de acuerdo con la existencia que llevó, y, sobre todo, si esa muerte es capaz de otorgar bienestar a los deudos. En más de una ocasión he visto cómo después de la celebración del día de Muertos se han retirado a sus casas llevando consigo fragmentos de los cuerpos. En un principio pensé que se trataba de demostraciones de un amor que va más allá de los límites establecidos. Sólo con el tiempo descubrí que lo hacen para conducir días después aquellos restos hasta la cumbre de la fortaleza que preside el poblado —se trata de la mítica fortaleza inca de Ollantaytambo— y comprobar desde la altura, para lo cual deben contar con el visto bueno de las montañas de los alrededores,[1] de qué clase de muerto se trata. A pesar de ser una costumbre bastante arraigada entre los pobladores nunca se atreven a proponérmela con relación a mi propio difunto, George Carmichael, que murió presa de terribles convulsiones semanas después de ser mordido por un insignificante perro que rondaba por la plaza principal. Mi tumba es requerida únicamente una vez al año para hacerle los honores de rigor. A pesar de que con el tiempo puedo considerar como normal

---

1. Es bastante complicado explicar en detalle cómo se manifiestan los cerros de los alrededores para dar su visto bueno sobre la forma de vida que llevó el difunto.

que se lleven los restos hasta la cumbre de la fortaleza, nunca me han dicho nada relacionado con mi muerto. De habérmelo propuesto hubiera incluso mandado a picar la losa de cemento bajo la cual yace el cuerpo de mi marido. Se trata de una piedra dura. Por eso pienso que fue una buena idea mandar hacer la lápida en el mismo Cuzco para luego trasladarla en una camioneta hasta este cementerio.

Injerencia arbitraria
y un tanto necesaria del autor

En aquellos años mi padre era un simple empleado del Ministerio de Agricultura. Salía todos los días con rumbo al trabajo, para lo cual tomaba un auto de servicio público que recorría de extremo a extremo la avenida principal de la ciudad. Me llamaba especialmente la atención la pulcritud de su camisas blancas, que no sufrían mácula a lo largo de la jornada. Después me enteré que una vez en la oficina se colocaba unos guardamangas de plástico para evitar que la tela se desgastara con la rutina diaria. Mi madre, por su parte, estaba encinta. Todos vivíamos en un pequeño y húmedo apartamento que acrecentaba una torturadora asma, que sólo era calmada con una serie de medicamentos que si bien abrían los bronquios me llevaban a un embrutecimiento total, ante el que ni siquiera tenía certeza de si me encontraba dormido o despierto. Mi madre estaba nerviosa. Parecía sentirse realmente mal. Vomitaba el día entero. Se quedaba recluida en la oscura habitación que compartía con mi padre y yo a veces, cuando lograba liberarme del efecto de las pastillas, salía a la calle a reencontrarme con algo de la luz olvidada por el diseñador de las habitaciones de aquel apartamento. En la escuela no me querían recibir porque los accesos de tos que me atacaban de cuando en cuando los achacaban a una enfermedad sumamente contagiosa. Recuerdo cierta mañana, cuando estaba seguramente al borde de la asfixia por tanto toser, en que la maestra hizo venir al salón de clases al mismo director de la escuela, quien se me acercó muy serio y me hizo la gran pregunta. «Tú tienes tos convulsiva, ¿verdad?», y yo contesté muy seriamente que sí. Como prueba saqué de mi boca un pequeño hilo bastante extraño, que no era otra cosa que la fibra con la que ataban el paté de cerdo del desayuno, y que yo sin que nadie lo advirtiera me lo metía en la boca antes de levantarme de la mesa y lo saboreaba horas seguidas. Quizá para mantener durante la jornada entera un trozo de mi vida familiar. De inmediato me enviaron de vuelta a casa, el pequeño y húmedo apartamento en el que vivíamos, con la firme orden firmada por las autoridades escolares de no volver a presentarme al plantel hasta que no llevara un certificado de salud. La maestra que cumplió las órdenes del director dijo algo relacionado con el embarazo de mi madre y la tos convulsiva, pero, como decía, mi madre estaba sumamente nerviosa en esos meses y creo que no tuvo la fuerza para contestar. Se limitó a hacerme pasar, darme una pastilla para el asma y dejarme encerrado en mi cuarto. Antes de que se fuera a su habitación le pedí que abriera, aunque fuera un poco, la pequeña ventana para así poder escuchar los ecos de una televisión encendida en alguna casa vecina.

Viudas célebres en un mismo poblado

Hace algún tiempo me enseñaron una tela de muchos años de antigüedad. Estaba en perfectas condiciones, como si hubiera sido recién fabricada. Envolvía una calavera diminuta, que también se mostraba completa. Me dijeron que se trataba de la momia de la madre de la fortaleza. Algunos afirman que es la princesa por la que Ollantay se arrojó al vacío desde la explanada más alta. La leyenda cuenta que una vez que supo que aquel guerrero se había suicidado por amor, la princesa huyó del templo inca en que estaba recluida y fue a instalarse a una pequeña choza levantada al borde de la fortaleza. Dudo que la tela que me enseñaron haya sido la mortaja de aquella mujer. En todo caso me ayudó para creer que en el poblado existe más de una viuda célebre.

Las radiantes camisas del padre

Mientras iba haciendo efecto la pastilla del asma, que me habían dado sin necesidad, quizá para darle gusto a la maestra que se había tomado el trabajo de llevarme hasta la casa, lo único que permanecía fijo en mi mente era la brillante camisa de mi padre. Alba y radiante en medio de los lejanos comerciales de la televisión. En esa ocasión mi madre no me pidió que me pusiera el pijama ni que me despojara del brazo ortopédico. El brazo, se llamaba. «Ponte el brazo, quítate el brazo, ¿dónde has dejado el brazo?, mira ya ensuciaste el brazo, no asustes a los niños con el brazo.» En efecto, a partir del mal uso del brazo cada vez me fueron invitando menos a las fiestas infantiles. En una ocasión se perdió, no el brazo sino el guantecito mullido que hacía de mano. ¿Quién se lo habría llevado? Menos mal que contaba con uno de repuesto en mi casa. La preocupación para mí no era tanto dónde podía estar el guantecillo, sino que la fiesta del pobre niño de pronto cambió de rumbo y la misión principal de los adultos invitados ya no fue celebrar el cumpleaños sino descubrir qué había podido suceder con el objeto. De más está decir que nunca fui invitado nuevamente, ni a esa casa ni a ninguna. Por un lado era mejor, porque para mi padre, a pesar de sus albas camisas que iban y venían mostrando su impecable pureza, era un verdadero problema cada vez que era invitado a una de esas celebraciones. Principalmente porque había que comprar un regalo. Por lo general, nunca estaba dispuesto a gastar en nada que no hubiera planificado como mínimo con un mes de antelación, y además tampoco le parecía una buena idea dejarme y recogerme de la casa de mis amigos. Era mejor. Yo solía quedarme en mi cuarto, feliz, bajo los efectos de mis pastillas, liberado de las molestias que me producían los arneses que sujetaban «el brazo», y escuchando los rumores de los televisores lejanos.

## Relaciones incestuosas

Una de las creencias más arraigadas en la zona es que si el muerto ha mantenido durante su vida relaciones carnales con algún miembro de su familia, quien transporta sus fragmentos hasta la cumbre de la fortaleza corre el peligro de morir desbarrancado. Se dice que cuando duerme un hombre que mantiene relaciones carnales con algún miembro de su familia, su espíritu se desprende del sueño y se transforma en un animal desesperado que da sobrecogedores gritos por los lugares que esa persona acostumbra transitar.

## El famoso certificado médico

Pero mi padre sufría también. Principalmente porque no podía asistir a la escuela sin llevar un certificado médico. Porque no podía aprender, o, mejor dicho, perfeccionar mis conocimientos de suma, resta y multiplicación, que parecían ser lo único que tenía valor en la vida. Hasta ahora no comprendo por qué se sulfuraba tanto, entraba en un estado de furia incontrolable cuando me olvidaba que en el resultado final de una suma debía añadirle los dígitos que llevaba de la fila anterior. Por qué me arrinconaba contra una pared para golpearme por olvidar hacer la tarea de sumas y restas para el día siguiente. En estos trances de furia la más dañada resultaba ser mi madre, quien interponía su embarazado cuerpo para impedir que mi padre me siguiera golpeando. «Alfredo ya, Alfredo ya», eran sus palabras. Luego todo volvía a la calma. Mi madre se olvidaba por unos momentos de su malestar y me llevaba a mi pequeña habitación. Me despojaba de mis arneses, ¿por qué razón debían colocar un brazo ortopédico, con su complicado juego de arneses, fierro y cuero, a un niño de tres años?, es una pregunta que hasta el día de hoy no halla respuesta. El apartamento húmedo y oscuro, las destellantes camisas de mi padre, el miedo de mi madre ante un segundo embarazo que podía dar como resultado un niño también anormal, las terribles palizas motivadas por el infinito respeto a las sumas y las restas pueden tener una explicación. Es más, la tienen y es de una simpleza casi vergonzosa. Pero el asunto de la prótesis obtenida gracias a la caridad de un grupo de damas piadosas que dedicaban su tiempo libre a hacer obras de caridad en el Instituto Peruano de Rehabilitación, creo que no admite una interpretación cuerda. Nunca podré olvidar, ya no la parafernalia de estas damas de la guarda que se enorgullecían de ser las promotoras de una prótesis que no tenía ninguna utilidad práctica, sino la pelota que me regalaron en una celebración de Navidad que organizaron en el patio del Instituto. Mi padre me llevó entusiasmado. Había dejado en la casa su alba camisa. Colgada en la misma habitación donde mi madre incubaba sus temores acerca de la criatura por venir. Me dieron esas señoras un boleto con un número. Luego vino el sorteo. Cuando me acerqué vi en una mesa trasera una serie de juguetes que brillaban bajo la luz del sol. Me llamó la atención una locomotora de fierro, de aquellas que cuando se desarmaban evidenciaban que fueron hechas en Japón usando como materia prima los restos de las latas de conserva con que se evitó que durante la posguerra la población muriera de hambre.

## Herman Melville hace su aparición

En cierto pasaje de la novela *Moby Dick*, Herman Melville menciona el mal, instalado en el agua, para referirse a la ballena blanca como si de un Leviatán se tratara. Se puede leer cómo las profundidades del mar son el espacio propicio para albergar las tinieblas presentes en el alma humana. Me pregunto lo que sucede cuando el mar se encuentra a cientos de kilómetros de distancia, cuando lo único que se halla cerca son una serie de caudalosos ríos y heladas lagunas. ¿El mal será el mismo?, me digo. Cuando llegamos junto a mi muerto a este poblado traíamos con nosotros un diploma de graduación. La tesis de grado se refería a la simbología del pequeño Pecquod en la obra de Herman Melville.

## Muerte en la cuna

El hijo de mi madre nació muerto. Mejor dicho, murió a los tres días del parto. Aquellos familiares que lograron verlo afirmaban que se trataba de un ángel. Las camisas de mi padre siguieron siendo albas. Mi madre continuó en su habitación. Al garfio que las damas piadosas decidieron instalar en mi cuerpo hubo que colocarle un recubrimiento de espuma para evitar que dañara a mis compañeros de clase. En el fondo de la gaveta de la cómoda de la habitación, debajo de una serie de ropas, se mantenía la foto de la criatura muerta. En aquella época era común la existencia de fotógrafos rondando los anfiteatros de los hospitales para que los deudos se llevaran un último recuerdo de los difuntos.

## El hermano es una nutria y una nutria es el hermano

Hace un año, en el anterior día de Muertos, una de las mujeres que realiza el aseo en el hotel que instalamos apenas llegamos, me sugirió que abriéramos mi tumba sin que nadie lo advirtiera. La noche anterior a la celebración de los difuntos le parecía una buena fecha para hacerlo. Ya ha pasado el tiempo suficiente, me dijo, debe ver si en realidad su muerto se encuentra en el lugar adecuado. Quizá las uñas estén crecidas, pensé, o tal vez las manos no sean sino un puñado de polvo. Sería imposible apreciar la cicatriz de la mordida. La mujer que me lo sugirió estaba en un estado absoluto de embriaguez. Acababa de desenterrar a su hermano, quien abusó de su hija mientras todos dormían en la casa. Fue entonces cuando me contó lo que les sucedía durante el sueño a quienes mantenían relaciones carnales con los miembros de su familia. Su hermano se transformó en una nutria doliente, que todas las noches emitía unos gritos desgarradores en las inmediaciones del camino que conduce a la fortaleza. La madre y la hija estaban empeñadas en cazarla, y dejaban cebos con pequeñas dosis de veneno al final del atardecer. El hermano cada día adelgazaba más. Tenía un puesto en el centro del poblado donde vendía artesanías a los turistas. Regresaba a la casa cada vez más pálido. El día que la nutria fue vista con las primeras luces del alba acostada al lado del camino, el hermano no volvió a despertar. Esta historia, tan evidente y tan falta de gracia, me causó sin embargo cierta impresión. Incluso me dio curiosidad por saber en qué estado se había conservado el cuerpo del hermano. No pude saberlo, porque la mujer ocultó todo el tiempo sus restos en una especie de atado que llevaba consigo, y que dejó a un lado para tomar la cerveza que debía ofrecerle, no sólo a ella sino a todos los que de algún modo se interesaran en mi tumba.

Arneses tasajeando las espaldas

Todas aquellas imágenes de las camisas albas de mi padre, el embarazo difícil de mi madre, el comité de damas de la caridad colocándome una serie de complicados arneses hechos de fierro, plástico y cuero aparecieron durante una de mis lecturas de adolescencia. Cuando el capitán Ajab siente la necesidad de regresar al mar y husmea las vitrinas de las agencias funerarias que exhiben ataúdes para todos los gustos.

# Buscando el Pecquod
## y al perrillo causante del mal de rabia

Pese a todo, la mujer se llevó al día siguiente consigo los restos de su hermano. Está de más preguntar si los iba a cotejar en la cúspide de la fortaleza. Ni el más valiente del poblado se hubiera atrevido a transportar esos restos. La hija de la mujer había parido un año atrás. Quisieron que yo fuera la madrina, como lo soy de la mayoría de los niños de los alrededores. Me rehusé a aceptar, porque de alguna manera relacionaba ese fallecimiento con el de mi muerto. Si bien es cierto no hubo un animal aullando en las inmediaciones mientras se estaba urdiendo su muerte semanas después de la mordida, hubo animales involucrados y los aullidos que lanzó George antes de morir fueron proferidos por su misma boca. Durante esos días el Pecquod se fue desvaneciendo entre el polvo que fue llenando el diploma de graduación que habíamos colgado en la pared principal del hotel. Nunca encontré al perro que lo rasguñó, como afirmaba George mismo mientras era sedado con fuertes dosis de calmantes en la habitación del hospital regional. Quizá no se tratara de un perro atacado de mal de rabia, sino de la nutria que no podía encontrar sosiego mientras su pecado no fuera expiado. Más de una vez, en la oscuridad de la noche, la he visto saltando a través de la ventana que da al río que corre paralelo al hotel. Otras la he imaginado rascando el piso debajo de mi habitación. Otras apareciendo en medio del dibujo que trazo día tras día en el estudio que he mandado construir en la parte trasera del edificio.

## Tumba permanente y tumba transitoria

La foto que de cuando en cuando husmeaba en el fondo de la gaveta de mi madre no fue la última imagen que tuve de mi desconocido hermano. Años después, cuando el padre de las impecables camisas hubo de emigrar del país buscando nuevos horizontes, ambos, mi padre y mi madre, recordaron de pronto que no habían enterrado al menor de sus hijos en una tumba permanente. Habían pagado sólo por quince años. Si después de esa fecha no se hacía el pago respectivo, el pequeño cuerpo sería enviado a la fosa común. Yo era el único que había quedado en el lugar de origen. Querían, no sé bien por qué motivos, que terminara mis estudios en la misma escuela donde los había iniciado. Quizá pensaban que más valía torturadores conocidos que torturadores por conocer. El caso es que me tuve que hacer cargo, junto con una tía bastante anciana que se responsabilizaba de mi supuesto bienestar, del traslado del cadáver de mi hermano a su tumba definitiva. Iba a pasar de la sección del cementerio destinada a los muertos transitorios a la reservada a aquellos cuyas lápidas estarían presentes para eterna memoria.

## Gringa retrata niños muertos

La niña murió un mes después de nacer. Por eso me parece más que extraño que el año pasado la mujer no haya desenterrado a la hija sino a su propio hermano. Quizá no le queden dudas del estado en que se halla la niña. Durante el velorio tuve que ser yo quien pintara la escena necesaria para que la ceremonia no quedara en el olvido. Aguardé para retirarme hasta la llegada del arpista. No estoy dispuesta a visitar cementerios a la medianoche, ni a escuchar los gritos lastimeros azuzados por el alcohol. Al principio hubiera ido detrás de los padrinos con placer, pero ya tengo mi propio muerto y no tengo ningún interés en ritos fúnebres ajenos. Desde entonces me he dedicado sólo a retratar velorios, preferentemente de niños, y más aún de aquellos que han muerto por no haber tenido un nacimiento deseado. Cada vez que ingreso a uno de esos velorios se me hace evidente de qué clase de criatura se trata. Según algunos, la verdadera causa de estas muertes la produce la mente de los familiares, que ponen a prueba a estas criaturas hasta que cumplen los cinco años de edad. Si llegan con vida al cortapelo[1] recién parecen ser abolidos de toda culpa.

La oportunidad es calva por naturaleza

Fue un día de primavera cuando vi por primera vez el pequeño ataúd de un blanco desteñido, así como unos diminutos huesecillos casi conver-

---

1. Fiesta popular donde la criatura se somete al primer corte de pelo. Por lo general, los niños en ese entonces tienen la cabellera hasta la cintura y cada uno de los asistentes deberá cortar un moño previamente hecho. Por cada moño cortado el ejecutante deberá abonar una suma de dinero.

tidos en polvo. El empleado del cementerio encargado de hacer los traslados se empeñó en convencernos de que aquella era la última oportunidad que se presentaba en la vida para apreciar a los muertos queridos. Oportunidad que no a todos les llegaba. Era evidente el interés de aquel hombre por enseñarnos lo que podía quedar de una criatura de tres días de nacida quince años después. Aunque pensándolo bien, la tía anciana, apelando a profundas convicciones de orden cristiano, era la más entusiasta con la sugerencia del sepulturero.

## Compatriotas de espíritu

Sin embargo, entender de una manera cada vez más clara estas costumbres no me sirve de consuelo. Intento seguir leyendo a Melville. Hago dibujos que cada vez son más falsos. De un engaño incluso mayor al que siento relatando lo que significa pasar el día entero en un cementerio escuchando lo que los demás pobladores quieren decirme acerca de los que no están más en este mundo. Cuando todo no es sino mera casualidad. Mi muerto afirma, por ejemplo, que escogió a Melville porque ambos nacieron en la misma ciudad. Pero el espíritu de los libros no creo que tenga que ver con esa región. Ni tampoco con esta, Ollantaytambo enclavada en medio de la cordillera de los Andes, tan alejada del mar y dominada por una fortaleza de la que sólo se conocen algunas leyendas. No creo que George antes de morir haya pensado en la ballena blanca como símbolo del empecinamiento del hombre, como dice todo el mundo. Menos en el ridículo Pecquod. Lo único evidente en esos momentos es tan sólo su aversión al agua, un sistema nervioso destrozado y un sinnúmero de terribles aullidos que tenían aterradas a las enfermeras.

## No se puede sumar papas con cebollas

Pensando en una camisa blanca ondeando con la brisa de una playa que alguna vez visitamos utilizando el transporte público, en la máxima matemática de que no se pueden sumar papas con cebollas y en un ataúd blanco deteriorado por el tiempo, parece cobrar sentido la inquietud de una madre ante la imposibilidad de su hijo de escuchar el viento.

## Piedras transportadas desde el Cuzco en camioneta pick-up

La tumba que construí se encuentra precisamente en la entrada del cementerio. Mandé hacer una explanada de mármol negro, que como dije trajeron del Cuzco en una camioneta pick-up. Una vez que se enterró el cuerpo, los pobladores pusieron encima una gran piedra que extrajeron de la base de la fortaleza. Jamás me habría atrevido a pedir una cosa así. Pero se trata de una costumbre que llevan a la práctica cada vez que se tiene en el poblado un fallecido célebre. A la mujer ebria que desenterró a su hermano violador la he escuchado decir que en una junta vecinal han elegido mi piedra. No me pueden revelar de cuál se trata, pero espero que se encuentre lo más alejada posible de la supuesta morada de la princesa inca.

Sobre la posibilidad de que Melville
no se haya enfrentado jamás al viento

Melville no escucha el ruido del viento, afirma su madre cuando descubre que su hijo ha redactado una página en blanco. Mientras tanto, los pobladores de Ollantaytambo continúan con la matanza general de cerdos sobre calles empedradas durante la celebración del día de Muertos.

*Tijuana, 2001*

Mario Bellatin (México, 1960) ha publicado hasta la fecha nueve novelas. En el año 2000 fue nominado al Premio Medicis a la mejor novela traducida en Francia por *Salón de belleza*. Desde 1999 es miembro del Sistema Nacional de Creadores de Arte de México. Este texto es un fragmento de *La escuela del dolor humano de Sechuan*.

# URBARAT 451

*Adrián Curiel Rivera*

Primera (o última) secuencia

Pasaron por ellos en unos autobuses especiales que tenían las ventanas protegidas con rejas exteriores. En la única puerta, sobre el escabel de acceso, un policía de espaldas expansivas, pistola y garrote largos como un bastón, parecía electrocutar con la mirada (y con su casco antimotín) a los escasos transeúntes y automovilistas que osaban por accidente atravesarse en la ruta predeterminada por el Alto Poder. Antes de hacerlos subir al vehículo, los habían obligado a desvestirse ahí mismo, en la sala de la casa, para que después pudieran cubrirse los cuerpos desnudos con el mono naranja que los distinguiría de otros peligrosos transgresores de la ley. Él era un hombre maduro, calvo, de baja estatura y piel frágil y emblanquecida como la cera. En sus ojos profundos se debatía la incredulidad de un temor, y una vez que fue esposado y subido al autobús, el resto de los pasajeros, también maniatados y con monos naranjas, pudo observar un tic nervioso debajo de las abundantes cejas, cierta renquera sutil que volvía aún más grande el grosor de sus caderas un tanto femeninas. En cambio ella era casi una cabeza más alta que él, rubia, muy delgada. Rondaba la mitad de los cuarenta. Pese a que la coloración de su tez le confería cierto aspecto de nostalgia solar, sus huesos grandes y elegantes desmentían esta primera impresión de languidez y realzaban, en conjunto, una figura bastante saludable. Alrededor de sus pupilas, sin embargo, había quedado inscrita la tonalidad roja de una noche y una mañana de exaltación, y en el momento mismo que los forzaban a ponerse encima esos trajes estigmatizadores, la angustia largamente comprimida se resquebrajó con violencia entre los párpados. Todo, se dijo, había sido una engañifa, un embuste despiadado.

Los llevaron por la calle más populosa del centro de Urbarat. Era día de Muertos y la gente en las aceras, como podía observarse desde el interior del autobús, a través de la cuadrícula metálica que enmarcaba los vidrios, improvisaba altares que iba embelleciendo con papel picado y flores de cempasúchil. En esa fecha, los fieles difuntos subirían y bajarían de donde fuera que ahora tuviesen establecida su residencia, dispuestos a ingerir las ofrendas fantasmagóricas con el feroz apetito de un simple mortal. Algunos viandantes interrumpían el trabajo de poner sobre las tablas de aquellos santuarios callejeros, los platillos y manjares que más habían disfrutado en vida los hoy invocados, y entonces levantaban la frente para contemplar, en una mezcla de curiosidad y repulsión, el siniestro transcurrir de los autobuses gubernamentales.

Al detenerse pudieron confirmar lo que ya venían sospechando a lo largo del camino. No los habían llevado a una de las grandes superficies comerciales de la ciudad, como les habían prometido cínicamente, sino al patio oculto entre los tabiques y el cemento de la sobrecogedora mole del palacio del Líder. Por dentro, el edificio cúbico parecía poseer unas cualidades de armatoste superiores incluso a las de la fachada. Percepción que duró sólo un instante, ya que de inmediato, los ojos vendados, la diminuta y gélida boca de un rifle palpitando en la espalda, los obligaron a recorrer corredores que desembocaban en pasadizos solitarios donde las paredes, amplificándola en un eco tristemente premonitorio, devolvían la más mínima señal de movimiento o vida. Contra lo que cabría suponer, no les dieron la orden de bajar por los temidos escalones; al contrario, los condujeron escaleras arriba, hacia una extraña galería que, pudieron advertir una vez que les quitaron las telas de los rostros, desplegaba un largo pasillo hacia la izquierda, mientras que en el extremo opuesto, detrás de un complicado montaje de detectores de metal, dispositivos de rayos infrarrojos y monitores, se alzaba una enorme bóveda. En los muros, organizadas en distintos niveles semicirculares ascendentes, trepaban unas estanterías repletas de libros que sólo cesaban en su escalada al toparse con los frescos revolucionarios, con toda seguridad los más feos que se hayan pintado nunca. Aquel techo policromo y abigarrado (los delincuentes, las muñecas atrapadas cerca de la cintura con un hilo de metal, las vestimentas como el desprendimiento de un gajo luminoso que hubiera caído desde la cúpula, miraban hacia arriba con el semblante de sus distintas edades completamente demudado); aquel popurrí mural hinchado de hoces, manos morenas y bestias de carga añadía a la sensación general de miedo un elemento extra indefinible que hacía presagiar los peores tormentos. Alguien les mandó, abruptamente, que humillaran la cabeza. Los hicieron desfilar por la izquierda del pasillo; al final había una ramificación de cubículos, adonde fueron ingresando, uno a uno, por separado, después de escuchar sus nombres en una lista (negra, naturalmente), esos hombres y mujeres que, por sus actos, se habían ganado a pulso sus atuendos escarnecedores.

Poco tiempo después, los sacaron de las celdas con muy malos modales (con gases lacrimógenos, en realidad). A continuación, recibieron la orden de alinearse, entre toses y sollozos, en una fila vertical, justo encima de una especie de correa recubierta de plástico negro, mellada, que gracias a la acción de un extraño mecanismo se elevó vibrando desde el suelo, hasta incrustarse dolorosamente en medio de las piernas. Una denigrante caminata en compás sincronizado, las testuces doblegadas, la piel de las articulaciones despellejándose por la fricción dentro de las pulseras de acero, los transportó al otro costado de la galería. En la antesala de la bóveda, frente a los dispositivos de seguridad, fueron conminados a detenerse. La cinta corrediza hizo lo propio: abandonó lentamente la oquedad de las carnes blandas, sacudiéndose pero sin desplazarse hacia el frente (lo que provocaba en el cuerpo una molestia todavía más punzante), hasta aterrizar en el hueco longitudinal del enorme carril amarillo que atravesaba de punta a punta la superficie de todo el recinto.

Les dejaron libres las manos y, al cabo de unos minutos de angustioso silencio, fueron sometidos al escrutinio de las máquinas de control y registro dactilar; después, uno tras otro, pasaban a un mostrador, largo como una trinchera en el aire, detrás del cual se parapetaba un hombre viejo que parecía tener muy malas pulgas. Miraba con reconcentrada atención el rectángulo fluorescente de una computadora. La ristra de anaranjados cautivos que se amontonaban temerosos a unos cuantos metros mientras esperaban su turno, apenas si le mereció un fruncimiento de sus cejas tubulares, estampadas en la afilada morenez de su rostro como dos gusanos peludos proyectados contra un triángulo invertido del oscuro firmamento; detrás de los poderosos cristales de sus quevedos, la húmeda decoloración de las pupilas inusualmente dilatadas, casi de muerto, delataba (de una manera ambigua pero indudable) un pasado de estremecedoras crueldades juveniles. Al sentir la sombra del detenido a quien le correspondía acercarse, exhalaba un suspiro de fastidio, apartaba la mirada del ordenador y la dirigía hacia la colorida heterogeneidad del cielo raso, como si en ese caos de motivos patrióticos pudiera abrirse un resquicio hacia la alegría imposible. Cuando la penumbra que antecede a la presencia total de la carne se había convertido en respiración, a veces patéticamente agitada y otras casi inexistente, pero en cualquier caso tangible;

cuando percibía en ese hombre o mujer locamente asustado, de pie frente a él, la necesidad psicológica y orgánica de que les ayudara a entender, de que les explicara de alguna manera su situación, entonces él se regodeaba en dilatar unos segundos, con evidente sadismo, la inexorable representación de su papel. Después, se limitaba a preguntar:

—¿Ha seleccionado ya su libro?

Se levantaba del taburete, aporreaba un poco el teclado a la par que los huesos le crujían, y luego, con absoluta parsimonia, movía de aquí para allá, apoyándola en los estantes, una escalera muy grande provista de ruedecillas. Volvía silbando, con el material requerido (u otro de su elección, si no lo había podido encontrar) atenazado entre los fibrosos pergaminos de sus dedos.

—Tenga. El siguiente, por favor.

Es su turno y ella, llorosa, balbuciente, es incapaz de hilar una frase. Dos guardias la agarran de los brazos y la devuelven, más allá de los aparatos detectores, a la fila de prisioneros que comienza a rehacerse. Su marido, en cambio, al ser interrogado acerca de sus preferencias literarias, consigue, si bien con un vestigio prehistórico de voz animal, la gloria efímera de una respuesta:

—*Desayuno en Tiffany's*.

—Buena elección —dice el bibliotecario, frunciendo con ironía el ceño y quebrantando su mutismo de carcamal. El odio incomprensible de su mirada ocupa ahora absolutamente, como una fina lluvia de agujas, el compacto espacio visual que separa a los dos hombres. Apenas un par de segundos y esas dos sencillas palabras restallan en la cabeza, resuenan como cañones en la densidad silenciosa de la atmósfera, repentinamente cargadas de un peso semántico aterrador.

El último reo se reincorpora a la hilera. Otra vez la filosa cinta que se levanta del piso en un despliegue de frenéticas sacudidas, buscando su botín de piraña entre los mórbidos resquicios de las extremidades superiores. De nuevo la marcha lastimosa, esta vez de retorno, casi idéntica a la del viaje inicial, a no ser por el libro que cada integrante de la fila (salvo ella) lleva en la mano. Al llegar al punto donde desembocan las diminutas recámaras, la columna se deshace. Uno por uno, los elementos antisociales son introducidos en sus respectivos compartimientos carcelarios. Allí, dos situaciones novedosas. Una mueve a la esperanza: los extractores de aire han eliminado el gas lacrimógeno, lo que permite, por lo menos, que en esa pocilga se pueda respirar. La otra novedad no fomenta tanto el entusiasmo. Hay en cada celda un señor con sotana, que lleva un crucifijo portentoso colgado en el pecho. Otra persona, vestida de civil, tiene la cabeza cubierta con un capirote. El Líder, en un gesto que pone al descubierto su inconmensurable bondad, ha decidido ser condescendiente con los justiciables, adelantándose a interpretar lo que, sin duda, sería su voluntad postrera. A partir de este momento, dice el encapirotado, extrayendo de su bolsillo un cronómetro y arrimando a la pared una silla donde poder sentarse, disponen de ocho horas para leer por última vez su libro favorito.

A diferencia de lo que ocurrió en el país del bombero Montag, donde muchos consiguieron convertirse en bibliotecas humanas para transmitir al futuro lo que alguna vez estuvo encerrado entre cubiertas, cuentan que en Urbarat nadie pudo concentrarse ni dar lectura a los textos en esas ocho horas, memorizar nada.

## Altas razones de estado

Igual que en los peores vaticinios de Bradbury, el gobierno de Urbarat decretó el decomiso de todos aquellos materiales escritos que, de algún modo u otro, obligasen a ejercitar lo que antigua y pomposamente se había dado en denominar «las potencias del espíritu». Ni la inteligencia ni las extravagancias interpretativas ni —mucho menos— la imaginación debían encaminarse ya hacia la obsolescencia de una actividad evidentemente absurda. Las imágenes y la información indiscriminada habían sentado sus reales en la vitalidad del presente del hombre; se habían impuesto de una manera tan eficaz y apabullante sobre cualquier otra forma de comunicación y entendimiento que persistir en actitudes socialmente estériles, como la lectura de textos literarios, constituía, además de una necedad intolerable («una holgazanería soberbia y estúpida»), un retroceso histórico en la marcha de la civilización que, por fuerza, habría de repercutir, menoscabándola, en la productividad supersupranacional. Un gesto incomprensible. Era como malgastar la vida en el empeño de dibujar, con la ayuda de una miserable rama, un rostro perfecto en la arena, cuando cualquier programa informático (motivo por el cual el óleo y el lienzo han pasado a ser antigüedades de museo) podía resolver la cuestión en menos de cinco minutos. Aunque también era cierto que algunos materiales documentales, por la simplificación encomiable de su estructura, por la ligereza plausible de su desarrollo, se equiparaban sin problema alguno a las imágenes, a las ráfagas informativas escuetas y de fácil digestión. El gobierno de Urbarat en ningún caso prohibiría la difusión de este tipo de literatura, todo lo contrario. Por eso mismo se decretaba también su oficialización en todos los centros de enseñanza superior, y se mandaba asimismo instituir la Comisión Nacional de Control de Contenidos Visuales.

El funcionario que leía en el telediario el precepto gubernamental (cuya íntegra versión podía consultarse desde días atrás en la correspondiente página web) dejó deslizar al final de su intervención, a través del ronroneo nasal de un bigote entrecano, escandalosamente tupido, un dato en apariencia trivial: una vez que entrara en vigor la nueva disposición (lo que equivalía a decir que a partir de ese mismo momento, pues la norma de publicar las leyes y todo tipo de resoluciones en el diario oficial había sido sustituida por la práctica de anunciarlas por la tele), quienes no entregaran o destruyeran voluntariamente la bibliografía perniciosa que hubiese en su poder, incurrirían en un delito de lesa majestad que sería castigado con las penas corporales y privativas de libertad previstas en el nuevo código punitivo, ordenamiento cuya redacción, por cierto, estaba por encomendarse a una comisión de expertos.

—¿Y ahora qué vamos a hacer? —preguntó mi esposa mientras contemplábamos, al borde de una crisis de pasmo, las estanterías colmadas de libros.

—¡Bah! —respondí—. Seguramente el asunto no será tan serio como parece.

Terminamos de cenar en silencio, el robot levantó la mesa y la gigantesca pantalla parlante (instalada en todos los hogares por orden expresa del Líder) nos dio las buenas noches. Al vernos salir de la pieza principal y entrar en nuestra habitación, se produjo un chisporroteo magnético en su superficie, y quedó en reposo, lista para encenderse al menor amago que nosotros hiciésemos de volver a la sala. Ya en el cuarto, mi esposa y yo nos abrazamos, ateridos de un frío que no venía de fuera; aunque no queríamos confesarlo, la zozobra y la angustia se habían adherido como moho a las murallas interiores y comunes de nuestro universo particular. Ella hizo girar un dispositivo engarzado en la cabecera de la cama. Al instante, las paredes se recubrieron con la luz mortecina del mar del crepúsculo. En el yeso se dibujaron las crestas suaves de las olas. Al sonoro, continuo vaivén del agua, fuimos abandonando poco a poco la vigilia, las pieles se separaron en medio de una corriente de tibieza, las respiraciones comenzaron a sumergirse en el ritmo uterino de la profundidad. Indefensos dentro de ese envoltorio de relajante naturaleza de artificio, durante algunas horas conseguimos olvidar que había un Líder, que el destino había sido cruel al utilizar un hierro candente para marcarnos sin remedio como ciudadanos de Urbarat. Que, en fin, un funcionario insignificante con un bigote espantoso había borrado de golpe todo aquello a lo que habíamos consagrado nuestras existencias.

Me gustaría decir que nosotros corrimos una suerte parecida a la de los lectores subrepticios en *Fahrenheit*, pero por desgracia ni entre la emisión nocturna del fatídico anuncio gubernamental y la mañana siguiente del día de Muertos, ni entre la callada e intranquila sobremesa del desayuno y la noticia asombrosa de que nosotros mismos habíamos firmado nuestras renuncias (los papeles, las falsas rúbricas estampadas al pie, salieron escupidos desde la ranura de fax de la pantalla), obró el tiempo suficiente para pensar siquiera en la posibilidad de esconder los libros. Con la boca abierta, leíamos esas dos cartas de dimisión que ni en las veladas de mayor embriaguez hubiéramos sido capaces de idear. Habíamos decidido —estaba escrito en un párrafo escueto plagado de faltas de ortografía— desertar de la universidad y, por consiguiente, de las cátedras de literatura impartidas, hasta el día de ayer, por mi mujer y yo. Todo esto constituía, de nuestra parte, una clara señal de que «los analfabetos de la Era Tecnológica» reconocíamos nuestras carencias y limitaciones mostrando, no obstante, la disposición de ánimo y la sintonía social necesarias para aprender los rudimentos de la «teleglobalización de las aldeas, la red de comunicaciones masivas, el progreso y la felicidad». A renglón seguido nos comprometíamos a mantener informada a la autoridad de cualquier actividad lícita que en el futuro quisiéramos desempeñar. Se nos prohibía tajantemente mudarnos de casa o viajar. El telefax disparó enseguida un pliego adjunto: el gobierno sabía agradecer a los súbditos disciplinados sus esfuerzos en pro del desarrollo. Como recompensa a nuestro sentido común, a nuestra capacidad de autocrítica y a nuestro saber retirarse a la *hora presisa*, habíamos sido beneficiados con la asignación de otras pantallas gigantes que serían instaladas de forma gratuita en el resto de las habitaciones.

Después de lavar la vajilla, el robot se había puesto a trajinar por toda la casa. Producía un zumbido que, como una sierra, abría surcos en la epidermis aflorada de nuestros nervios. Le habíamos tomado cierto cariño al inanimado sirviente. A diferencia de sus congéneres de las fábulas de la ficción científica, apenas contaba con una pequeña pieza (el chip) incorporada a su estructura, siendo su diseño general no el de los ensamblajes de acero inoxidable, sino el de una planta montada en su maceta, con ramas robustas incorporadas al tallo, lo que le permitía realizar funciones prensiles, y un mecanismo de movimiento bastante sencillo: cuatro hileras de diminutos neumáticos paralelos encajadas en la base inferior. Cuando alguien tocaba el timbre insonoro de la puerta, el robot emitía un ruido chirriante y luego anunciaba la visita, haciendo una somera descripción de sus rasgos físicos.

—Es un hombre de baja estatura —exclamó con un lamento de hongo el autómata vegetal—. No podría precisar qué es exactamente lo que lleva entre la nariz y los labios, pero parece un zorrillo muerto. Lo acompañan al menos veinte hombres de complexión robusta.

Abrimos la puerta y el portavoz gubernamental que había leído el decreto televisado la noche anterior nos concedió el extraño privilegio de permitirnos seguirles el rastro, en nuestra propia casa, a él y a sus acompañantes. El frenético despliegue de una actividad invasora. Mientras unos se afanaban en vaciar ruidosamente todas las estanterías, otros confeccionaban inventarios minuciosos; otros más metían los volúmenes en unos sacos de lona, por lo visto muy resistentes, y los cargaban a toda prisa en una furgoneta estacionada en la calle. El resto había desenfundado unos desarmadores relucientes, unas tenazas incisivas, unos cables multicolor. Hombres musculosos iban de aquí para allá con las herramientas, practicaban hoyos imposibles en el suelo y las paredes, encendían y apagaban en nuestro cuarto el dispositivo del océano, burlándose de lo anticuado y cursi que era; fumaban sin consideración alguna, tiraban las colillas encima de las hojas de nuestro robot (que se había puesto a chillar y revolotear histérico), entraban y salían del servicio sin tirar de la cadena, se carcajeaban y escupían en la alfombra. Al final, enlazaron entre sí las hirsutas pelambres de cobre, revistiéndolas con plásticos aislantes, hasta concluir artísticamente la obra. Una pequeña pantalla había quedado instalada en el baño; otra en la cocina, una descomunal en el techo de nuestra recámara.

Si a los ciudadanos objeto de las recientes expropiaciones bibliográficas no les ha sido fácil (ya se sabe que a la erradicación del vicio sigue siempre un período de ansiedad y descontrol) vivir sin la compañía simbólica ni, por supuesto, la materialidad en papel de sus autores predilectos, al gobierno de Urbarat le ha resultado inesperadamente difícil almacenar montañas y montañas de hojas impresas en caracteres negros. En un principio se había estimado conveniente agrupar los volúmenes conforme al sencillo criterio de una criba que tuviese en cuenta sólo el tamaño similar de las tapas. El tema, el género, el idioma importaban poco cuando de lo que se trataba era de confederar las fuerzas del bien común y la civilización para dirigirlas al aniquilamiento masivo de la debilidad poética, de toda molicie prosística, de cualesquiera de las farragosas y múltiples manifestaciones del ensayo. De esta manera, los ejemplares se separarían en distintas pilas, según su longitud y anchura, y un equipo de incineradores profesionales los irían introduciendo, poco a poco, con unas palas ignífugas, en unos hornos monstruosos mandados a construir expresamente para transformar la composición arbórea originaria de unos seres por completo estorbosos e inútiles en una fuente de energía calorífera aprovechable en los distintos sectores de la industria. Pero a los pocos meses de las primeras acciones emprendidas por el gobierno, se produjeron dos situaciones que daban al traste con la política cultural impulsada con entero entusiasmo desde las cúpulas soberanas. Por una parte, conseguir un permanente grado de temperatura en los fogones demandaba una serie de operaciones de mantenimiento cuyo coste desbordaba, con creces, al presupuesto que ese año el Ministerio de Educación tenía asignado para propagar los descomunales focos ígneos por todo el territorio. Por otra, la plaga del «devaneo y onanismo lector» que se pretendía suprimir, había demostrado ser mucho más persistente de lo que se creía, y la cantidad de material recaudado excedió por mucho los cálculos y previsiones más concienzudos. Motivo por el cual fue necesario habilitar como bodegas, con carácter extraordinario y urgente, oficinas públicas, locales privados y centros comerciales. Al gasto de por sí impagable de los hornos (cuyo funcionamiento tuvo que ser finalmente suspendido), se sumaban ahora las erogaciones por concepto de recogida y transporte, en todo tipo de camión, de los libros perniciosos, lo que obligó además a la compra de otros vehículos cuyos depósitos pudiesen ir cargados, como antes, de agua potable y gas. Es cierto que se incrementó la vigilancia, no fuera a ocurrir que algún terrorista aprovechara cualquier despiste para introducirse en los almacenes con la intención de robar o (peor) leer un poema, y también es verdad que el descontento social pudo evitarse gracias a un cupón que permitía a los antiguos dueños de los edificios expropiados asistir a los partidos de la temporada de fútbol y participar en los concursos de la tele. Y sin embargo, había ocurrido un incidente que irritaba profundamente a las autoridades. Muchos de los sitios que ahora albergaban por equivocación un cúmulo insospechado de obras, habían sido en su origen tiendas de libros. No era improbable, por lo tanto, que alguno de los volúmenes que yacían desperdigados desordenadamente por el suelo hubiera estado antes en los hoy desaparecidos anaqueles de los muros. Por si fuera poco, a los oídos de los orquestadores de la campaña de expurgación libresca había llegado la noticia de que los ex lectores, con inexplicable temeridad, comenzaban a organizarse en células subversivas. Así, en el contexto de estas caóticas circunstancias, los planes del gobierno, sin duda alguna plausibles (no hay nada más peligroso, como ha dicho alguien con toda razón, que pensar que la vida puede parecerse a una novela), puestos en marcha hace ya casi un año, se han complicado preocupantemente. Y algo habrá que hacer para remediarlo.

Las televisiones, cada una equipada con una microcámara que transmite nuestros movimientos desde el interior de la casa al cuartel central de la policía, han conseguido acorralarnos con un sistema de vigilancia panóptica. Aunque en teoría están diseñadas para encenderse y apagarse alternativamente cada vez que nosotros entramos o salimos de alguno de los aposentos, un fallo técnico irreparable ha provocado que los monitores funcionen al unísono, bombardeándonos con publicidad, certámenes absurdos y esas charlas tenebrosas de las que sólo son capaces las máquinas. El volumen es algo que no podemos controlar. Depende del «humor» de la pantalla, esto es, de una serie de circunstancias imprevisibles como la temperatura ambiente, la humedad, la densidad del aire o el desgaste calorífico de nuestros cuerpos. Además, en ocasiones sufren «crisis de melancolía», y entonces empiezan a parlotear entre sí, se quejan de su condición inanimada de aparatos receptores, aúllan, gritan, nos insultan y más tarde nos piden perdón, fingen insoportables llantos de ondas hertzianas.

El jardín, por lo tanto, se ha convertido en la única vía de escape, el único espacio donde es posible huir momentáneamente del ruidoso juego de luces y sombras de los televisores. Siempre que se presenta la ocasión, nos refugiamos en su ámbito (el robot suele acompañarnos), aunque al cabo de unos minutos nuestra fugaz serenidad es sacudida por las amenazas y voces de alerta de las máquinas encolerizadas, que mueren de celos si no se les presta la debida atención. Pero los intervalos preciosos en los que hemos conseguido sustraernos a la tiranía catódica, cuando no los hemos empleado para deshojar una breve siesta, los hemos aprovechado para hacer acopio de mercancías prohibidas.

Mi esposa, no sé por qué medios, ha establecido contacto con uno de esos contrabandistas enemigos del bien común tan detestados por el Líder. Cada semana, desde el jardín, escuchamos el motor grave y remoto de una motocicleta que comienza a acercarse. Un libro cualquiera vuela sobre la tapia, cayendo al césped como un pájaro de tripas blancas. Un lanzamiento de brazo sigue a continuación la parábola inversa, y en la calle aterriza un pequeño sobre que contiene parte del sueldo que nos pagan por mirar todo el día la televisión. La moto tose, escupe humos. Un suspiro de acero sale disparado de nuestro campo auditivo. Entonces, si ese día hay suerte y los sensores de las pantallas no han detectado aún la ausencia total de nuestro calor, podemos dedicar un cuarto de hora al dudoso placer de una atropellada hojeada compartida.

Poco hay que añadir a lo hasta aquí relatado. El sufrimiento abstracto que presentimos para el futuro aquel día de Muertos en que contemplábamos totalmente descorazonados las paredes saqueadas, ha ido adquiriendo con el paso de los meses (mañana hará de eso un año exactamente) los rasgos abominables de una imagen que no deja de repetirse en los fosforescentes recuadros enloquecedores: el portavoz, con sus ojillos de zarigüeya, instando a la gente de bien a denunciar a cualquier persona cuya conducta haga temer la persistencia de algún atavismo criminal; el portavoz, ahora en un mutis, contrayendo hacia los dientes el trazo amargo de sus labios entreabiertos, que más que moverse parecen diluirse bajo el bigotudo rumiar de una brocha de cerdas grises y oscuras; el portavoz, que ha aprovechado la pausa publicitaria para preparar alguna nueva y delirante intervención, vanagloriándose de quién sabe qué despropósitos concernientes al Líder, a su humilde servidor (es decir, al portavoz) y al destino manifiesto y grandeza de Urbarat. Hay un problema con la señal: las pantallas reciben ahora una borrasca de puntos imantados, gruesas franjas de vertical policromía. Se restablece la conexión con el plató. Resurge la imagen calamitosa de nuestra pesadilla cotidiana. El hombrecillo (lo hemos visto en persona y no supera el metro y medio de estatura) se atusa el monstruoso apéndice nasal, constituido por ramas y nieve. Tose. Lanza un par de miradas escurridizas, probablemente a la realizadora, sólo para cerciorarse de que el programa sigue siendo en vivo y en directo. «Bien», dice, en un desgarramiento de trino que parece broma.

La perorata televisiva ha dado un vuelco insólito. A casi un año de haber emitido el decreto, el

Líder, en cuyo nombre habla el portavoz, ha decidido celebrar el día de Muertos de mañana con distintos actos conmemorativos y haciendo una concesión extraordinaria a los antiguos lectores de materiales prohibidos que hayan observado buena conducta (en este punto, mi esposa y yo echamos un rápido vistazo, a través de la puerta corrediza, a los volúmenes que hemos ido apilando furtivamente allá afuera, contra la tapia; nos preguntamos con la mirada, aterrorizados, si el robot no tendrá alguna cámara oculta entre los tallos). Lo anterior, se nos comunica, no tiene más objeto que sacar a relucir la enorme bondad de nuestro jefe nato. Quienes hayan sido beneficiados con la medida podrán dar relectura, por una sola y última vez, a su libro predilecto. Las autoridades se encargarán de todos los detalles. Nos dan las buenas noches, ponen el himno nacional y nos invitan a escoger, desde la comodidad de nuestros hogares, alguna de las ciento noventa y cinco películas de acción que proyectarán en breves instantes. Pese a la súbita explosión electromagnética de las paredes, que de pronto parecen venírsenos encima, somos incapaces de reprimir una sonrisa escuálida, delatora de nuestro creciente optimismo.

Adrián Curiel Rivera (Ciudad de México, 1969). En 1992 publicó el libro de cuentos *Por la mañana* (Cuadernos de Malinalco), en 1999 la colección de relatos *Unos niños inundaron la casa y otras calamidades* (Editorial Cal y Arena) y en 2000 la novela *Bogavante* (Brand, Madrid). Ha sido incluido en la antología *La X en la frente. Nueva narrativa mexicana* (Graffiti, 1995), prologada y editada por José Homero, en la *Antología del cuento latinoamericano del siglo XXI* (Siglo XXI, 1997), que compiló Julio Ortega, así como en *Antología del cuento mexicano actual* (2000), suplemento especial de octubre de la revista *Lateral*.

# ALTAR A SOLAS

*Alejandra Bernal*

A una fotografía de algo que, por supuesto, ya ni es ni está.

## I. Esta tarde, Ruina

«Pobrecita —le dijo Barracuda a Tentempié—, no tiene ningún muerto a quien rezarle.» Y si Ruina hubiera oído, se habría regresado por donde vino, a saber, ese epicentro conceptual del que nadie sabe —ni nos conviene recordar— pero del cual todos fuimos arrancados por obra y gracia de sabrá Dios quién. O sea que ante un pedazo tan mezquino de verdad, Ruina se hubiera suicidado sin divagaciones. Ruina tiene la virtud de desmoronarse. A cada paso se derrumba. Le cuesta un gran esfuerzo mantener erguida la espina dorsal, la famosa postura que nos hace razonables. Si los corazones fuesen pétreos, el suyo sería de gis, carbón, piedra pómez; los tres de venta en esta tienda de abarrotes donde también compró copal.

Pero Ruina no las escuchó. Así es que dejémonos de suposiciones.


De vuelta en la calle, echó un vistazo blanco dentro de su bolsa de papel. Basta comprar cualquier pequeñez para hacerse acreedor a una envoltura reciclable. Ese solo hecho la llenó de gozo. No acostumbrada a las emociones palpitantes, se detuvo frente al seto, el único seto del barrio en cuestión. Mucha gente ahí mismo se detiene, es un altar socialmente establecido, un hito respetable. Ahí vive un caracol y orina un perro. Al lado hay un monótono arbotante que de noche pinta un cono de día. Bajo el cono ha quedado iluminada Ruina. Se acomoda el zapato y localiza el gis dentro de su bolsita. Ni Barracuda ni Tentempié habían tenido la sutileza de envolver el carbón en un trozo de periódico. A Ruina los contrastes la ponen a temblar aún más cuando se mezclan —y sí, estaba turbia la tarde.


Obviamente cayó un rayo.


Pero no empezó a llover. No todavía.


Detenida junto al seto, como estaba, Ruina quedó invadida por la certeza de no tener a donde ir. Era un pelo desprendido, una cana al aire. Sus pies cargaban la prisa de un montón de años exhaustos. O no conocían el rumbo, o no era ese un asunto de pasos. Se imaginó avanzando patasarriba por la calle, como un acróbata sin circo ni salario. Y es que ir a alguna parte implica hacer contacto: las plantas al suelo, las alas al viento, los remos al agua... Aquí su pensamiento se hizo trizas y ella no supo atarse a alguno de sus cabos para no terminar desvaneciéndose en lo alto.

El cielo, al tragar los trozos de pensamiento arruinado, eructó sin el menor recato.

Volteó a verlo, indagando. El seto se estremeció, y el caracol lo mismo. Y entonces Ruina recordó: ¿qué más se puede hacer cuando el presente no aterriza? Sobre la mesa de Barracuda había una vela, una taza y los restos de un tarot. Afilando el tercer ojo, la Ruina de su recuerdo alcanzó a enfocar un título incrustado en el reflejo del té interior: *sonaM s S ne átseupser L*. Las demás letras se obnubilaron, como odaliscas en el desierto, y ella tuvo que proyectar el texto en un charco para leer su imagen inversa: *L respu está en S s Manos*. Alguna entre tantas líneas debía mostrarle el rumbo a seguir. No muy segura de las mayúsculas, y un poco enfebrecida por la súbita confianza en tan barata ensoñación, Ruina extendió sus palmas, las de ahora, callejeras junto al seto, bajo el cono de luz, de frente al charco. Creyó sentirlas húmedas, no de tibia que no estaba la tarde.

Y he aquí que sus palmas no mostraban una sola línea. En vano apretó los puños; sus uñas apenas dejaron rastro de una vehemencia que, a juzgar por el entorno, no podía ser ni suya ni cierta.

Pero empezó a caer una llovizna. Muy sutil.

Y quiso el mundo que Ruina tuviera un momento impresionista. Consistía en que las gotas que empezaban a caer ya no caían, suspendido su trayecto en un puntillismo nebuloso sin ninguna gravedad. El cielo era un tiempo aplanado oreando el pellejo; la distancia era un invento del clima, y todo ocurría, si acaso, más allá. Pero más allá no había nada, de no ser por las ventanas de un edificio cúbico intemperizado, otro altar al exterior.

La soledad de un prisma puede ser contagiosa: borradas sus aristas por la bruma, su materia queda imbuida en la del cielo, que es tiempo aplanado oreando el pellejo para siempre y entretanto. Entre comillas, pues nadie cree en la eternidad a estas alturas, y decir «siempre», ahora, es un decir, como quien dice «ahora» y lo liquida.

¿Era el mundo o era ella lo que estaba detenido, o eran ambos a la par, o cada uno a su modo, sin acuerdo? Golpeó la nada que delineaba su silueta en el espacio, como por arte de magicuento, como calcomanía acaecida en un artefacto cromado, vehículo motor o electrodoméstico. No hubo un eco. Las manos sin líneas, el aire sin voz... ¿el tiempo? Y como Ruina es Ruina y no se le ha ocurrido el modo para dejar de serlo, tampoco se le ocurrió cerrar los ojos y pedir un deseo. Eso se me ocurría a mí, por esas horas, frente al pan de algún festejo. (Yo siempre ando festejando. Pero este no es momento para explicar por qué.)

Se escuchó un silencio conurbado. O se conurbó el silencio alrededor (que es lo mismo).

Del ombligo le fue creciendo una angustia estilizada y, cómo no, tras depurarla durante toda una vida. Y se dijo, sin palabras ni franquezas aledañas, que tal vez esa era Su Hora. Que ya le había llegado y no en la víspera, y que de tanto andar diciendo en voz bajita que mejor sería no haber nacido, de tanto andar creyendo que ora sí, por un pelito... ahora a ver cómo se lavaba las manos, alegando analogía. La tranquilizó el no sentirse tranquila. Era el mejor signo de que... bueno, quien siente, al menos en esto está.

Podríamos llenar noches enteras recorriendo los pormenores que Ruina consideró insuficientes para demostar, en ese momento, su propia existencia: desde arañar su carne hasta bailar a un ritmo personal. ¿Que nadie oiría aquel canto? Con su gis trazó un aro en el suelo, lo navegó y ocupó el centro, lo comenzó a pintar de negro por si lograba hacer de ello un agujero, y cayendo víctima de azar estuvo jugando gatos de mano a mano, contra sí misma, tic-tac-toe... Se puede subsistir en blanco y negro, en un solo cuadro... y la vida es un danzón, ajedrez va siendo el mundo.

El peso de la atmósfera iba a asfixiarla cuando por fin abrió un hueco en el enjambre de gotas en suspenso. Las espantó como a moscas, sacudiendo los brazos por encima de sus rizos color cobre. Primero se mojó brazos y pelo y, dando saltos, acabó empapada hasta la médula. Tal vez el bautizarse en los vestigios de ese oscuro pasado inmediato, le dio la fortaleza para tirarse al suelo y aceptar que, si bien ella no estaba muerta, muerto estaba lo demás.

Esta revelación no crispó la repentina soberbia de una Ruina que chorreaba indignidad. Pronto, o más que pronto, ese último aire empezaría a apestar.

Su sombra seguía quieta, se había quedado donde al principio, deslindada de su figura, como un ropaje ante la cama del desvelo; daba igual verla de frente o adelantársele de un salto: parecía el suicidio demasiado largo de alguien más. El seto, el charco, el arbotante y la tienda de la esquina con Barracuda y Tentempié taroteteando mantenían su pose escenográfica.

Había también un teléfono público cuyo protagonismo recién se hace impostergable. Hasta ahora, Ruina no había atrevido un solo paso en la sospecha de que un movimiento en falso podía costarle la vida. Viendo que de cualquier modo ya le estaba costando tanto, dejó de lado el sentimentalismo de la sombra perdida y caminó —¡aleluya!— hasta el teléfono público.

Sólo para descubrir que —*Hélas!*— no tenía a nadie a quien llamar. Ni una moneda para el caso.

Al rascarse la oreja, un cabello quedó adherido del meñique al pulgar, un pelo gris y lacio, que no era suyo, claro está. Apuntaba hacia el poniente, donde el sol no había acabado de ocultarse, dejándolo todo absorto en un ámbar metálico que rechinaba de limpio. Ruina decidió seguir la dirección improvisada por esa brújula capilar, su destino pendiente de aquel hilo.

Y porque es bueno mirar dónde se pisa antes de hacer lo propio, Ruina sacó a pastar lo ingenuo de sus ojos. No diríase un vistazo, sino un peregrinar de bestias lentas camino a su ofertorio: su mirada trepó las grietas del edificio cúbico intemperizado, todo en penumbra cual si durmiesen sus habitantes, como si en hipoteca o embargo —como si nada, pues.

Por evitarse otro momento impresionista —ya distraída en el ángulo de todas aquellas sombras y en la sábana extendida sobre su campo de acción y sobre todo, sí, encima de todo, la efervescencia de esa luz en esa primera línea de su mano, en esa brújula incipiente que habría de guiar sus pasos...—, por evitarlo, dije, Ruina se aferró al auricular.

Sin descolgarlo.

Un click le devolvió la fe en el mundo.
　Se apagó el sol, acto seguido.
　Y ahí en la oscuridad de su infinito, Ruina vio una luz que suavemente se abría paso en un cuarto, sólo en uno, del edificio cúbico intemperizado.

No, no es una casualidad. No todavía.
　La lluvia y la casualidad podrían ser una cosa misma. Por ahora ambas se hallan detenidas. Una detiene a la otra, como el vacío a la torre de Pisa, en un pacto de tinta, aquí entre nos.

Y siguiendo las convenciones fílmicas, nos trasladamos a la vida del Suicida quien, como su nombre lo indica, en eso está.

El Suicida escuchó el Ring. Y ya.

Por supuesto, creyó que el sonido era una mala jugada del azar, la torpe maquinaria con que un autor desconocido resuelve su cadena perpetua de personajes débiles y absurdos. El Suicida ignora todo género de convenciones fílmicas. O mejor dicho, las desconoce; así mantiene ordenado su estilo de vida que, visto de este lado, diríase similar al de Ruina. Pero de noche todo luce un poco igual, así es que no es culpa mía que hace rato el Suicida haya ido a la tienda de abarrotes de Barracuda a comprar un metro de mecate marca Bruno Equis para suicidarse con copyright. Además del gozoso acto de recibir una bolsita —que en su caso lo dejó sin besarle el ánimo— había pasado por alto la parafernalia, las luces, el clima cuidadosamente graduado, la orquestación, el tarot con fondo de quiromancia explícita y otros datos de sublimería ambiental. Tenía un motivo, el Suicida. No iba a dejarlo caer como una cana extinta.

Volvió a escucharlo: Riing, quizá más largo.

Se había sentado a ver pasar una nada tras otra. Mentiría si dijera que una nada u otra era bella. Mas la belleza es un asunto personal. Verlas pasar era una cosa bella en sí misma, diría yo, que miraba desde acá las mismas nadas que el Suicida.

## II. Esa mañana, el Suicida

En la acera de enfrente, al otro extremo del edificio cúbico intemperizado, había un café-lavandería de gran prestigio. Los habitantes del barrio en cuestión aprecian con singular fanatismo los muebles de anticuario y el filtraje de café por percolado. El tapiz, los tapetes, las lámparas y el cielo raso mantienen a medias tintas la nostalgia en derredor. Y mientras la ropa gira en su rictus solipsista, húmeda en el jugo de sí misma, la concurrencia se hipnotiza con melodramas y videojuegos.

«Este café, por fuera y dentro, es un asunto de pantallas —pensó el Suicida, recargado en la membrana cristalina que disfraza de interior a lo que habita, de apertura a lo demás—. Basta un marco, a veces sólo una línea, y la distancia es insalvable.» A horas enfebrecidas, los vidrios empañados no dejan juzgar a simple vista. Afuera había hecho frío todo el día. Le apestaban, sin embargo, los sobacos. Frotó un extremo del ventanal con vaho y camisa; no viendo claro, decidió pagar por ver.

Hasta el umbral le llegó un aliento exacerbado, íntimo como el saludo de un refrigerador que abre sus puertas.

Estando dentro se siguió sintiendo afuera.
«Quizá el nuevo concepto en velaciones sólo

sea un acabado hostil que se agrega a la costumbre, algo que infesta lo normal. En otros pueblos se le llama aburrimiento. Aquí lo entienden con una asepsia que no alcanza para hacerlo llevadero. Morir en vida, irla pasando, el tedio.»

Se sentó a la mesa y extendió una expectativa vulnerable, demasiado vulnerable ante la frágil estructura de un café. Y es que gestar grandes cuestiones en el vientre de una taza, desde que el hombre y la mujer lavamos ropa, es el mejor sistema para conquistarse decepciones. La expectativa del Suicida, entonces, extendida ahí sobre la mesa: que una sola imagen lo conmoviera.

Miró alrededor: la dolorosa soledad de este pueblo.

El hombre pequeñito, con sus necesidades claramente sexuales, moviendo las piernas y anclando la mirada en cuanta hembra. El vejete que acostumbra arrellanarse entre el árbol de plástico y el sofá en el que cabe una familia, aunque en este café nunca hay familias. Amigos, menos. Niños: mito popular.

El café estaba frío: un hielo imposible de beber, un olor sólido. Pensó en cuántas cosas habían quedado congeladas ese día. Cuántas sólo por ello existirían; cuántas más, por ello no. Recorrió las escenas que aún transcurrían en torno, desdoblando las etapas de cada movimiento: el girar de un solo brazo, un voltear de la cabeza, un cruce de piernas —del origen incómodo a una postura llevadera—, el desprenderse de unos lentes al limpiarlos, un zapato que se calza, un conteo que salda la deuda, otro que da la pauta: tantos gestos condenados al acecho de un Suicida que algo espera.

«Si este café alquilara capelos —pensó— como aquellos que aíslan el olor de ciertas rosas en trance de reliquia a eternidad, crecería tanto su fama que vendrían del otro mundo a visitarlo.» El Suicida se sintió venido desde entonces, de un planeta donde la transparencia lo es tan sólo para dejarse perturbar; la transparencia abierta, digamos, del agua, de la sal. Nada que ver con esta luz refractaria que, haciendo cuentas, es la única razón que le ha rozado la piel desde hace tanto, lo único que le ha encendido el cuerpo. La luz y el agua. La ropa limpia, en fin, no está de más.

Una mujer de nobles redundancias le concedió un asco directo cuando lo vio quitarse la camisa y alimentársela al tumulto, sin jabón ni miramientos. Y después, sin ambas cosas —es decir, sin dignidad— invadir el aire ajeno con su hálito axilar.

«Cuántas cosas se presentan con capelo... ¿y si el capelo es el mirar?», cerró de golpe los ojos.

Se vio en otro sitio —en otra circunstancia— entretenido de un espíritu a otro, poblando cuerpo a cuerpo el interminable cuerpo propio, pretendiendo por los otros conocerlo o al menos conociéndolos a ellos, bajo riesgo de invertir esa ecuación. «En este pueblo —objetó volviendo a abrir los ojos— cada quien pasea su soledad como en correa: la deja retozar entre los pastos, cagarse y enterrar la porquería que suelta. Uno sale a olfatear la soledad ajena, semejante, como un hueso que incita a desollarse.»

La dolorosa soledad de este pueblo. Pero nada comparada con la dolorosa compañía de este pueblo.

Un tipo trata de atraer la atención de una mujer contando su historia paseada por el mundo hasta el café, este último cercano a sus alcances y al dominio de su ínfima ambición. «Lo mejor en él es eso —piensa el Suicida—, la ínfima ambición ante las cosas, el no esperar nada. Sin embargo, es obvio que algo persiguió, algo que ahora, por no saber siquiera qué podía ser (de haberlo sido) duele al centro de su voz, en cada palabra.» La mujer lo escucha con pudor, salpicando su impaciencia entre las carátulas de ropa y de reloj, y el best-séller con que planeaba matar el tiempo mientras la ropa... girando... y el reloj.

«Siempre hay algo en ellos que da lástima, algo que estuvo a punto de salir y no salió del todo, algo que delata su miseria, la inviolable miseria, la sagrada, inviolable miseria que habita en cada ser humano. Aquí el respeto se funda en ella. Respetar la miseria ajena, no tocarla; respetarla para que nadie, bajo ninguna condición ni circunstancia, se atreva a tocar la nuestra. No sabríamos manejar la grieta, mucho menos el abismo que inmediatamente apremia.»

Se quitó el pantalón, nuestro Suicida. Lucía un despampanante calzoncillo color supermán, percudido, un poco sucio, quizá.

Una niña gritó: «Mira, mamá.» De un vistazo, la mujer de nobles redundancias la hizo callar. Y así como si nada, todo volvió a la normalidad.

«Los habitantes de este pueblo tienen problemas con la luz, con la lluvia, con el frío; sobre todo, tienen serios problemas con la infancia, están lejísimos de aquella que un buen día les estorbó pateando el culo de la arena. El niño. La niña. Descontinuada línea, modelos en desuso, victorianos, luises, bichitos desfogados que zumban y uno aplasta entre los dedos: Bebé, pleonasmo. Incómoda urea, desnudez fecal.»

Prosiguió con los calcetines y la capa.

Y siguió arrastrando su exilada densidad, sin darse cuenta de que un momento yuxtapuesto a su pensar escurría por el cristal de la lavandería, con la presteza doble de un andar ligero, como quien llega acaso ya, ya casi llega.

Ruina entró contando las monedas que sobraron del autobús. Titubeó entre la máquina de soda en lata y los tonos sepia del mostrador. Con frecuencia la asalta la necesidad de meterse algo caliente al cuerpo. Y como no siempre es factible cumplir al pie de la letra los impulsos viscerales, acaba lavando la ropa sucia fuera de casa. Va vestida con peluche verde por no contribuir a la sucesión de las especies, y por reforestar la geografía. Pidió un té, también verde. Se inculcó en un sillón de madera y piel. Ruina siempre opta por la piel: el cuero entintado, las cortezas, cualquier cáscara que estuvo viva y muestra esa memoria en su materia.


Porque habiendo tanto cuerpo, ¿a qué perderse en abstracciones? En contraesquina hay un hotel que alquila la habitación por menos de lo que el caballero del disfraz está pagando por su dona con azúcar. Al caballero este dato poco importa. Bebe café y ya busca una mesita a solas donde extender el diario y en similar lance simétrico, partir la dona y dársela a sopear. Hay paraísos para todos. Más allá o más acá. Habiendo tanto cuerpo, quién se detiene a preguntar.

Siguieron las sandalias, la armadura.

Al poco rato, el Suicida abandonó su asiento y agregó a la lavadora el periódico, los vestigios de la dona, el café y la billetera. A ritmo de limpieza, su vista fue dejando todo quieto, inacabado. Transcurriendo pero no, como dicta la espiral de una infusión.

Ruina espiaba de reojo. Los suicidas siempre tienen razones intocables para llevar a cabo actos temerarios que acaban por ser proezas. Ruina no sabría interrumpir ningún ritual. Un respeto milenario la fragmenta. Hay paraísos para verlos sin tocar.

Y ahí, ante sus ojos, el universo se mantuvo congelado por un largo tiempo mutuo, cada cuerpo aislado, cada mundo, en su introversión amniótica, vitral.

III. Esa noche, a dúo

Un *click* le devolvió la fe en lo suyo.
Se apagó el sol, acto seguido.
Y en la oscuridad de su infinito, esa noche, ante el teléfono público, con la lluvia suspendida por encima y por casualidad, Ruina recordó —y es que el presente aún no aterriza— al hombre del disfraz.

Esquivando traslaciones de títulos en segundo plano —por no decir que Barracuda es una bruja taimada que por temor a lo habido convoca lo por haber... o por decirlo en estilo directo, sin pasarlo por el agua de un charco inverso—, Ruina regresó por donde vino, a saber, la propia tienda de abarrotes donde comprara el carbón, el gis, la piedra pómez y el copal. Quizá así recuperaría el rumbo que, por cierto, nunca tuvo.

La cortina se hallaba corrida y puesto el candado. Pasó un dedo por las corrugaciones y sopló al polvo. Como era de esperarse, las partículas no atinaron a caer. Cayó en cambio el cabello, su brújula, muy leve y pausadamente, desde su mano hasta el suelo raso de la calle en cuestión. Ruina se puso de cuclillas, adivinando una nueva ruta en la dirección de su caída. Sus manos volvían a quedar vacías; la cana señalaba al teléfono, una vez más. Regresó un capítulo y se aferró al auricular. Sin moneda ni ilusión, marcó el *redial*.

Sostener el silencio de un auricular sin línea, sin nadie que calla al otro lado, es lo más parecido a tocar la frente de un moribundo que hace semanas se ha ido apagando... tocarla y dudar si todavía está, y al no sentirle el pulso, tal vez rezar. No es un fenómeno óptico, mucho menos sonoro. Si a algún sentido hubiese que apelar, sería al del tacto. Pero sin temperatura el tacto es nada. Pues bien, la sensación es esa: nada. Cuando, en cambio, uno suele esperar algo, aunque sea una inercia o un milagro, o una insípida obviedad: cualquier señal de vida en el espacio donde uno se ubica y de pronto, por y en el silencio, aunque esté uno, falta algo más.

El Suicida volvió a escucharlo: Riing, quizá más largo.

Se había sentado a ver pasar una nada tras otra. Mentiría si dijera que una nada u otra era bella. Mas la belleza es un asunto personal. Verlas pasar era una cosa bella en sí misma, diría yo, que miraba desde acá las mismas nadas que el Suicida.

Una vez más un Riiing, tan insistente.

A medias tintas, miró que una mujer mojada agitaba en su dirección las palmas, ceñida por lo demás al auricular de la calle, bajo la luz sintética del arbotante, junto al seto, la lluvia a punto de instalarse en ella tanto como en lo demás.

Recordemos que la lluvia sigue suspendida, y la casualidad.

Cerró el ojo derecho y pidió un deseo. Y cerrando el ojo izquierdo para enfocar con más finura aquella imagen, comenzó a buscar dónde caerse muerto.

Un último sonar de Riiiing. Inoportuno, o todo lo contrario.

Y ya el Suicida deja su banquito. Siente otra vez temblar sus manos. Mira el teléfono, aspira y se entretiene en pensar quién diantres puede llamarlo: un vendedor, o número equivocado, alguien que al no saber por qué vino a la vida, resuelve su camino tropezando. Es un error, decide en su última versión apócrifa de este universo editado.

Error y todo decidido, ¿cómo procede un Suicida con lo suyo, si el teléfono sigue repicando?

Como si nada, pues, como ante todo: fiel a sus convicciones, y deprisa.

Primero juró no volver a hacerlo. Acto seguido, descolgó el auricular.

\* \* \*

El cielo se desprendió de todo, festejando. Por primera vez en su vida, Ruina se sintió feliz: sola, entera, mojada, ahí nomás.

Fiel a su instinto, tenía intacta la certeza de que alguien remoto, ese mismo instante, estaría llorando a cambio de su felicidad —o algo así. Ruina enchapopota su mirada a diario, por eso su llanto es tan parecido a una carretera federal en perpetuo proceso de reasfalte. Y porque rara vez la lleva más allá. Lanzó un vistazo al copal de su bolsita, y dispuesta a pedir fuego al primer transeúnte que cruzase por esa esquina —junto al seto, el caracol, bajo la falsa luz del arbotante— encendería esa noche su altar.

Dichosa en sí, colgó el teléfono. Con el cordón del suyo, sin mecate y copyright, el Suicida se acabó de suicidar.

\* \* \*

«De eso se trata la muerte —hubiera explicado Ruina a quien atinase contestar—. No te mueres tú; se muere el resto. Lo demás, las cosas: aquello que nunca tuvo vida según criterio de lo orgánico y lo cierto. El fenómeno se explica con un pelo. Con un cabello cualquiera. Ponle cualquier color. Siéntelo de pronto en tu boca, entre la lengua y el paladar. Al principio no sabes si el cabello está vivo o está muerto, quiero decir: si sigue atado a alguien, a ti mismo, y por lo tanto es susceptible de dolerte y de crecer. Bien podría acabar en otro, alguien con la costumbre de enredársete en el cuello; alguien que tú sabrás quién lo será (tu madre, amante, hijo, o tu perro). Un cabello que está en tu boca pudiendo estar en cualquier otro terreno. Y no sabes si ese pelo está arraigado, y vivo aún, o si se ha desprendido del resto y por lo tanto está muerto. Discretamente lo enredas en la punta de tu lengua y tiras de él con suavidad. Si sientes un ligero jalón en la cabeza, una línea atravesándote la faz, desenredas y acicalas. Si en cambio se deja llevar, se conoce que el cabello ha fallecido, y sin mucho más prestigio, lo escupes con repulsión.»

En su tienda, Barracuda profería las mismas palabras con su caligrafía otoñal. Tentempié le echaba aguas —de azahar— al pan.

*Berkeley, marzo 2001*

ALEJANDRA BERNAL (México, 1972) estudió arquitectura en México y California. Obtuvo el Premio Juan Rulfo para Primera Novela en 1995 con *Tránsito obligatorio* (Editorial Joaquín Mortiz, 1996) y el Premio Nacional de Cuento San Luis Potosí 1998 con *Naturaleza muerta*, próximamente accesible en versión hipertextual. Actualmente es becaria del Consejo de Artes y Letras de Quebec.

# HUAQUECHULA

*Pedro Ángel Palou*

Tocas el timbre con cautela, o peor, con miedo. Como si temieras molestar aun sabiendo que tu presencia es una mosca en la sopa de los fines de semana de Adela. Abre y te da un beso helado, de compromiso, el beso de todos los sábados. Un beso tan frío que tu mejilla no desea pero aprueba como única forma de contacto. Las niñas ya están listas, arregladísimas, con el pelo estirado caprichosamente hasta la nuca. Huelen bien, lo que tampoco es novedad. Te gritan *papá* y corren a que las abraces. Las cargas como si no pesaran y las haces girar por los aires, como aviones. *Las vas a despeinar*, temes que diga Adela, pero no lo hace.

—Despídanse de su madre —les pides y ellas de mala gana se deshacen de tu abrazo y obedecen. Las tomas de la mano y bajas la escalera.

Antes de que suban al coche se abre una ventana en lo alto del edificio y la oyes gritar:

—No lleguen muy de noche, a más tardar a las ocho, ¿me oíste?

Asientes, pero no respondes. Cuando arrancas

el coche sientes que el humo del escape te libera, aunque tampoco sepas muy bien de qué.

—¿A dónde vamos a ir hoy? —pregunta tu hija menor, la que menos conoces. ¿De qué lado de la cama duerme, por ejemplo?

La otra, Sara, la secunda:

—Sí, papá, ¿a dónde?

—Vamos al zoológico —dicen las dos.

No te imaginas otro sábado contemplando mandriles groseros enseñando sus nalgas rosadas y escupiendo a la reja. Te sientes mal de usar tu día con ellas para el trabajo, pero aun así les propones:

—¿Y si vamos a Huaquechula?

—¿Qué es eso? —dice Regina, la menor.

Les explicas y a ambas parece entusiasmarles la idea de ir a un pueblo y ver ofrendas de muertos, aunque no imaginen de qué se trata. Al llegar, sin embargo, se dan cuenta.

—¿Vas a tomar fotos? —te preguntan mientras acomodas la cámara, las lentes y los rollos en la maletita.

—Es lo único que sé hacer, niñas.

—¿Y nosotras?

—¿No les gustaría que las tomara junto a las ofrendas?

Te dicen que *bueno* resignadas: te habían prohibido hacerles fotos a los animales, en los fines de semana de zoológico. De hecho te habían prohibido tomar cualquier foto, desesperadas por el tiempo que dedicas al encuadre, a enfocar, a medir la luz, la película ideal con este clima y un sinnúmero de etcéteras.

También Isabel te lo había dicho, no sin sarcasmo, ¿recuerdas? *Ya no tomas fotos para National Geographic, Eduardo, para qué tanto lío para un pinche periódico de segunda que igual ni te paga.*

Tres meses, te repites, tres meses duró el romance con Isabel, noventa y dos días con sus noches. Y luego a la fregada. *Esto no funcionó, Eduardo, me estorba tu presencia. Odio cómo ocupas el espacio.* No era el deseo, no era la ternura. Eso tarde o temprano es parte de los años, no fue la soledad, ni la tristeza, te dices. Fuiste torpe, como un ebrio aferrándose al muro antes de caer irremediablemente al agua. No, no fue el silencio, ni el amor, te repites. Quizá ni su cara, ni su cuerpo, ni su compañía, ni sus palabras. Terribles son las palabras de los amantes a la hora de la separación, aunque se tiñan de falsa seguridad o de alegría. Adiós. Dicen que no son tristes las despedidas, tarareas, dile al que te lo dijo, cielito lindo, que se despida.

Ni modo de ir a decirle a Adela que lo de Isabel se había acabado, que te hiciera de nuevo un hueco en su vida. O de perdida en tu apartamento. No, ya te las arreglarías solo, pensaste. Pero de eso, ¿cuánto? Un año de ir por las niñas, tocar el maldito timbre, y luego aburrirte y aburrirlas todo el día para terminar en una cantina llorando invariablemente en una mesa del fondo.

—¿Entramos? —te pregunta Sara, y señala una de las primeras casas abiertas, esperando los visitantes. En Huaquechula todas las ofrendas son blancas, con torres de muchos pisos llenas de cromos con ángeles y querubines en colores suaves. Los techos de cada piso tienen espejos en los que se reflejan las fotos del difunto a quien se le dedica la ofrenda; el espejo sirve para que no se diluya la presencia del muerto, para que su espíritu se quede en la casa, con los suyos, durante los días santos. Pides permiso para fotografiar y te dicen que sí, con cortesía. Le preguntas a una anciana a quién está dedicada la ofrenda.

—Es mi difunto marido.

—¿Cuándo murió? —inquieres, imprudente.

—Hace un mes, por poco y no encuentro quien me haga la ofrenda, todos estaban reteocupados.

Le dices que lo sientes, que ha de ser duro estar ahí, cuidando el regreso de su esposo.

—Era bien borracho, por eso le pusimos harto tequila y sus cigarritos. Está todo lo que le gustaba.

Mientras hablan vas tomando algunas fotos; te demoras en una, en especial, donde se ve el reflejo de la imagen que contiene la foto duplicado por el espejo del segundo piso. Siempre has pensado que en Huaquechula las ofrendas son como enormes pasteles blancos. La mujer te explica que sólo se le ponen al muerto el primer año y que entonces es costumbre abrir la casa y darle de comer a todos los visitantes, aunque sean extraños, para que acompañen a la familia en la pena.

Las niñas ya están sentadas, comiendo tamales y atole y una mujer les habla con cariño. Te demoras en las instantáneas.

—¿De qué murió? —te atreves, metiche, de nuevo.

—Lo atropellaron, ¿cree usted? Después de haber aguantado ochenta y seis años y quién sabe cuántos problemas en la vida lo va machucando un camión. Iba bien borracho, como siempre. Me da harta muina, me dejó solita.

—Pero están sus hijos, sus nietos —intentas consolarla.

—No es lo mismo, joven. Estar sin marido es canijo, ¿quién la va a acariciar a una de noche?

Piensas en las sábanas frías, en los regresos a una casa que pensaste provisional y se ha vuelto sólo un dormitorio, un lugar al que no deseas regresar cada noche. Tiene razón, te dices. Aceptas tomar algo y te sientas. La gente, en Huaquechula, saca todos sus ahorros para convidar a los demás en su duelo. Mientras más compañía, mejor.

Se despiden y la anciana les regala a las niñas unas calaveritas de azúcar a las que les escribe sus nombres, Sara, Regina, y les da un beso.

—Me marea ese olor, papá —te dice Regina.

—Sí, papá, ¿por qué hay tanto humo?

Se lo explicas pero no las convences; además, a ti tampoco. Realmente el copal y el incienso marean, las decenas de velas encendidas, los rezos, la fe. Es bueno tener fe en algo, habría dicho Adela, sabiendo que tú nunca has podido creer en nada. ¿Por escéptico o por insensible?

Este año hay doce ofrendas, lo que quiere decir que murieron doce personas. Una por mes, te dices, mientras las fotografías todas. Una por una el mismo ritual, las mismas preguntas. En ninguna hay pena. Nadie llora. Quisieras tener la resignación de los otros, la capacidad para aceptar. Una es de un niño de dos años. A Sara le impresiona y se le salen las lágrimas.

—Pobrecito, ¿qué le habrá pasado? —te pregunta al salir. Alzas los hombros. No sabes y tampoco te interesa saberlo. ¿O sí? Para ellos la ofrenda es realmente eso, una forma de entregarle lo que son al muerto, para ti un pretexto visual. Mientras mejor queden las fotos más satisfecho estarás, escogerán un número mayor para ilustrar el periódico y tu nombre aparecerá al pie. ¿Y el dolor? Eso es en realidad lo que Sara te estaba preguntando, ¿dónde quedó el dolor? Pero es algo que no puedes responder, que tú mismo has luchado por silenciar a tal punto que has dejado de sentir. Todo esto te pasa por la cabeza en la última ofrenda, la número doce. Es de una mujer de cuarenta años que murió de cáncer, según dice el esposo, quien la vela mientras cuida su ofrenda. Contemplas la foto. Era bella. Te parece curioso, pero esta no tiene espejo. Te atreves a preguntar la causa, es tan extraño, le dices, que no le hayan puesto espejos.

—Para dejarla en paz. Le puse la ofrenda por mi mamá, que me lo pidió, pero me negué a ponerle su espejito. Yo no quiero que su espíritu ande vagando por acá, ya bastante lata le di en vida. Le digo, es para dejarla descansar.

Y te lo viene a decir ahora, justo hoy, cuando pensabas decirle a Adela que te perdonara, que ya lo de Isabel hacía mucho que había terminado. Déjame amarte de nuevo, habías planeado decirle, si no por ti por las niñas, seguía el chantaje. Tal vez tenga razón el hombre y no sea justo que ahora vengas a estropearle la vida.

Sales de allí aturdido, no por el incienso o la cera de tanta vela prendida. Has hecho, además, unas trescientas fotos. Pero todo el ambiente te ha desasosegado. Te pones a pensar en Isabel. ¿Cómo fue que te decidiste? Un día, sin más, hablaste con Adela. Ella ya lo sabía, te dijo, pero pensaba que no era algo importante, que se trataba sólo de una aventura. *¡Qué estúpida, verdad, pensar que se te iba a pasar el encule!*, te dijo, antes de pedirte que te fueras cuanto antes, sin despedirte de las niñas, ya ella les explicaría. Y no te dejó verlas dos meses, hasta que empezaron a arreglar las cosas del divorcio y luego, un día, te puso sus condiciones. Era más humillante que te dijera *tienes derecho a ver a las niñas los sábados* que cuando no te las dejaba ver. Además eso realmente no te molestaba entonces, vivías con Isabel, lo que quiere decir que tú e Isabel cogían como animales por todo el apartamento, dormían desnudos y se levantaban tardísimo para volver a olisquearse y recomenzar el rito de apareo.

Hasta que decidió terminar con lo que para ella, te dices, sí debió de ser una aventura.

Recuerdas la escena perfectamente, no has hecho otra cosa que repetírtela estos meses:

—¿No me entiendes, verdad, Eduardo? Mi vida ha estado llena de gente que aprendió a amarme y que me dio miedo amar de la misma forma. Te amé intensamente un rato, mientras ese amor no me robó mucho —para algunos la idea de la media naranja que embona como pieza de rompecabezas da terror aunque de todas formas provoque codicia—, luego empezaste a estorbarme, a invadir mi espacio vital

—Yo te di todo, Isabel.

—El problema es la palabra *todo*. No quise darlo todo, aunque a veces parezca que así era y hasta nos creímos la mentira un par de meses. Ni quise que me dieras todo, la responsabilidad de esa carga me resulta obscena.

—¿En qué la regué? —te oyes diciéndole a Isabel. Ahora que lo piensas te sientes ingenuo, el más imbécil, por esa frase.

—No, Eduardo, ni un reproche te tengo, pero ¿cómo vivir con una extremidad de más? No me cabe, no cuento con el lujo de ese espacio. Debí ser hombre. Seguro así me entenderías.

En todo eso piensas al salir de la ofrenda, hasta que Regina te dice que por ahí pasó el novio de Adela.

—¿Cómo que el novio de tu mamá?

—¿No te ha dicho? Es bien buena gente —dice Regina.

—Es un sangrón, lo que pasa es que te trae muchos regalos, pero lo odio —la contradice Sara y las dos se enfrascan en un pleito por un tipo que ni conoces y que las niñas creen haber visto pasar por Huaquechula.

—¿Y cómo se llama?

—Baraquiel.

No piensas en los arcángeles, no tienes cabeza para ingresarlo a la corte celestial a la que pertenece. Sólo lo asocias, de inmediato, con Luzbel. Te parece ridículo pero lo piensas, *ángel caído*. Te da risa, pero igual te provoca coraje.

—¿Y a qué se dedica?

—Es novio de mi mamá —dice Regina.

—Eso no es una profesión.

No tiene caso discutir. Suben al coche como si

algo se hubiera roto. Están en silencio, las niñas saben que rompieron algo muy hondo dentro de ti, o lo intuyen, y no dicen nada. Quizá por eso el trayecto se hace largo. O el regreso, te hubiera gustado más pensar. Pero no hay regreso. Comen en un restaurante de truchas, al lado de una piscifactoría donde las niñas le dan a los pescados una comida que huele horrible, o que te parece que huele horrible. Una de esas truchas fue tu alimento, piensas, mientras las ves nadar a contracorriente y empieza a llover.

Corren al coche, las niñas riéndose, un poco mojadas. Piensas de inmediato en Adela, en lo que dirá cuando las vea llegar. Toda la carretera es un largo lamento del cielo, te dices, pero no te agrada la metáfora.

Tocas el timbre; esta vez las niñas lo aprietan de nuevo, golpean con sus nudillos la puerta, le dan pequeñas patoditas con sus tenis.

Cuando Adela abre la arrollan y entran gritando.

—Es la hora de su programa favorito —te explica Adela y te sonríe. Por vez primera en un año te sonríe, ¿o es una mueca? Tal vez no puede ocultar la felicidad de estar de nuevo con un hombre, piensas.

—¿Te vas a casar? —le preguntas, a bocajarro.

—¿A qué viene eso?

—Sólo contéstame, ¿te vas a casar?

—En primera no es un tema de tu incumbencia y en segunda qué te contaron estas.

—Nada, me dijeron que tenías novio, que les traía regalos, que era muy buena onda, quién sabe cuántas cosas.

—Pues sí, tal vez me case. Y ahora es mejor que te vayas, ¿no crees?

Te quedas callado. Es un largo silencio. Se ven a los ojos, como si fueran a atacarse, a librar el último combate, el definitivo. Dos bestias, eso piensas, somos dos bestias.

—¿O tienes algo que decirme?

Niegas con la cabeza y te vas, sin despedirte, mejor dejarla en paz, como dijo el hombre de la ofrenda. Lo demás esa noche pasa rápido, dos horas, tres quizá revelando e imprimiendo los contactos en el cuarto oscuro de tu apartamento. Trabajo extenuante que te permite olvidar. Salpicado, por supuesto, con mucho tequila, como el que le ponen a todos los muertos para que regresen, aunque para ti ya no haya regreso posible.

Al fin de la jornada, molesto contigo mismo por tu meticulosidad, te acuestas, pero es como si una enorme roca cayera en el colchón. Apagas la luz, aguardas que tu próximo sueño —porque sueñas siempre— sea placentero, reparador. Cerraste también con meticulosidad el sobre con las fotos de Huaquechula para que las recoja el mensajero del periódico en la mañana, ni esta vez te das el lujo de quedar mal. No hay ningún espejo, tampoco esta vez, para que el espíritu —¿es que hay un espíritu?— pueda salirse del cuerpo, flotar e irse a donde le venga en gana. Antes de cerrar los ojos te asalta la preocupación, ¿qué demonios harás el próximo sábado con las niñas? ¿Y el próximo del próximo? ¿Hasta cuándo? Ojalá cumplieran pronto dieciocho, te dices, y ellas mismas te mandaran muy lejos, también, como su madre. ¿Te darán celos sus novios? Ves a Regina encima de una lápida haciendo el amor con un muchacho de chamarra de piel y te da asco. Tomas un vaso de agua, pero te cuesta tragar, como si un nudo muy fino e invisible te ahogara. Sin embargo no sientes dolor, ninguna pena.

Antes de quedarte totalmente dormido piensas por última vez en Adela, contemplas su rostro, nítidamente pero en blanco y negro, como si la vieras en una vieja fotografía. Te sonríe, Eduardo, por primera vez en un año te sonríe, ¿o es una mueca?

PEDRO ÁNGEL PALOU (Puebla, 1966) es autor de más de catorce libros entre los que destacan los volúmenes de cuento: *Amores enormes* (Premio Jorge Ibargüengoitia, 1991) y *Los placeres del dolor*; así como las novelas: *En la alcoba de un mundo* (FCE, 1992 finalista en el premio internacional Pegaso), *Memoria de los días* (1996), *Paraíso clausurado* (Muchnick, 2000), y *Demasiadas vidas* (Plaza y Janés, 2001) y de los ensayos: *La ciudad crítica* (Premio René Uribe Ferrer, 1997) y *La casa del silencio* (Premio Nacional de Historia Francisco Xavier Clavigero, 1998). Actualmente se desempeña como secretario de Cultura de Puebla y como profesor de la Universidad de las Américas.

# EL TRUEQUE

*Eloy Urroz*

*A Milena*

*... a desire to destroy myself by my own imagination...*

M. L.

Uno estaría tentado a pensar que fue mera coincidencia, azar, fatalidad tal vez, pero no un designio de Dios. La rara esquela me la envió Rebeca, su mujer, de quien prefiero no decir el apellido. Me la mandó a través de Amparo, una prima lejana a quien apenas conocía. Tal vez Amparo le dijo que yo era cabalista y editor de libros de magia y astrología y por eso se la dio, quién sabe. En una primera instancia, pensé incluirla en una antología sobre el día de Muertos que estaba preparando, pero a última hora desistí.

A primera vista, pensé que la esquelita era una farsa, una tomadura de pelo, pero cuando me puse a investigar un poco más, descubrí que no era así. La historia había sido cierta. No tiene caso, sin embargo, continuar; mejor transcribo la carta tal como el marido de Rebeca la dejó guardada en un cajón con llave; que cada quien decida qué fue lo que pasó.

Querida Rebeca:
No sé por qué te escribo esto. Si lo lees y nada de lo que va a ocurrir sucede, terminarás por pensar que soy un imbécil o que me he vuelto loco de atar. Pero si al final no pasa nada, bueno: pues simplemente romperé esta carta cuando estemos los cinco de vuelta, reunidos en casa, contentos, departiendo y charlando como siempre.

Anteayer lunes que te dejé en el aeropuerto de D. C. con los niños me quedé desconcertado. En primer lugar, sentí que los cuatro me hacían falta. Aunque deseaba un respiro a gritos, nomás despedirme de ustedes me dejó un muy mal sabor de boca, una sensación de vacío. Fue peor cuando estaba a punto de subirme a la camioneta y me encontré un grajo negro sobre la cajuela. ¡Un grajo!, ¿puedes creer? ¿Qué hacía allí? En la Edad Media la aparición de un grajo en el camino era signo de mal agüero. Finalmente, arranqué el auto y el pajarraco voló; a partir de ese momento y durante las dos horas que pasé manejando hacia Charlotsville, entre un cigarro y otro, no dejó de perseguirme una horrenda intuición: el avión en que tú y los niños viajarían (o en el que ya estaban ahora mismo volando) se iba a desplomar. En vano intenté librarme de ese absurdo pensamiento, pero no pude: me rondaba con tenacidad. Empecé a sudar, las manos mojaban el manubrio; puse el aire acondicionado al máximo. En algo ayudó, creo; lo que no pudo lograr fue despejarme de ese siniestro pensamiento, pues casi al instante miré, tirado en el suelo, un disfraz de brujita y sólo entonces caí en cuenta que ese día (es decir, anteayer... lunes) era justo el día de Muertos, sí, apenas el domingo habían salido los niños a pedir *Halloween* a los vecinos. Fíjate: no fue que el día de Muertos me llevase a tener tal presentimiento, fue más bien a la inversa, y entonces fue cuando ya temí lo peor, lo peor de lo peor. ¡Claro, ya era tarde!

No quiero alargarme, iré derecho al grano. Sabes mejor que nadie que no creo en Dios, que no creo en el Espíritu Santo y ni creo en ninguna energía universal o Gran Arquitecto. Nada, no hay nada, y tú lo sabes, me conoces, Rebeca. No en balde me opuse a que bautizáramos a los niños, no en balde terminé peleándome a muerte con tus padres y casi te perdí, ¿recuerdas? Bueno, pues, fue tal y tan grande el temor y la aprehensión que fue invadiéndome en la carretera, que no sé por qué carajos le dije a Dios, en silencio, mientras fumaba: «Mira... los dos sabemos que no existes; de eso no me cabe duda; los dos también sabemos que es imposible demostrarlo tanto como es imposible demostrar lo contrario. Sin embargo, por primera vez la duda me ha entrado: ¿y qué si existes? Cualquiera se puede equivocar, ¿no? Dios, no sé si lo que he venido sintiendo es mera superstición, miedo sin fundamento y si lo del 2 de noviembre y el grajo en la cajuela es una estupidez, si lo del disfraz de brujita también lo sea, de cualquier forma no estoy dispuesto a correr el riesgo: está en juego mi familia. Lo que más amo en la vida es a ellos: Álvaro, Rodrigo y Silvana, y en segundo lugar a mi esposa (aunque a veces pienso que la amo más que a ellos). Pero eso no importa. Casi estoy por cumplir los cincuenta, he vivido, he paseado; mis hijos, no, les falta tiempo. Hagamos un trato, pues: troquemos sus vidas por la mía, cambiemos la vida de mi esposa y mis tres hijos por la mía, ¿te parece? Si existes, respetarás el trato y no dejarás que ese avión se desplome y, en cambio, permitirás que se desplome el mío el viernes cuando yo me voy, es decir, dentro de cuatro días.» Es decir, mañana viernes que salgo para allá, Rebeca, ¿te das cuenta?

Finalmente, Dios cumplió la promesa o, si lo quieres ver de otra manera, quedó constatado que la mía era una pura incongruencia, sí: imaginarme que el avión de *United* en que ustedes viajarían se iba a caer el día 2. No lo sé. A estas alturas yo ya no sé nada. Sin embargo, quiero hacerte una confesión, la última: ya que estaba trocando mi vida por la de ustedes (¡y vaya que no estaba jugando, Rebeca!), me atreví a llamar a una estudiante que desde el semestre pasado me dejó su número. Antes que siga, quiero que sepas que a ti te amo, te amo desde que te conocí, sin embargo, cuando la vi a ella, sentadita en la fila de delante con las rodillas bien juntitas mirándome alelada, la deseé inmediatamente, el corazón se me volcó. Puro deseo, nada más. Ese semestre —tal vez tú no lo sepas— fue un calvario: cosa de verla cada mañana y derretirme por dentro... impotente por no hacer nada, ni siquiera mover un músculo facial y hacerle ver que me encantaba. Ni siquiera eso, Rebeca. ¿Cómo? ¿El profesor? ¿Casado y con tres hijos? Ya sabes, no te lo tengo que decir: toda esa sarta de coerciones y limitantes que a uno le impone la academia, el matrimonio y ser padre, como si las cosas no pudieran ser reconciliables, ¡carajo! Bueno, pues la llamé. Sí, la llamé, y no me arrepiento nada. Parecía que llevaba seis meses esperando mi llamada, pues antes de que yo dijera una frase completa, supo quién era (seguramente era mi acento) y me invitó a salir. No me alargaré y no entraré en detalles, no soy y nunca he pretendido ser un santo: me acosté con ella el miércoles y también hoy jueves. Es más: se acaba de ir. ¿Y por qué lo hice? Muy sencillo: porque mañana me voy a morir. Lo digo en serio, y si no resulta, si no muero en el avión: pues romperé esta esquela cuando volvamos y punto, no sabrás jamás lo que pasó y mi ex alumna habrá partido para siempre. De alguna manera, es como si Dios me estuviera convidando con una última oportunidad, un último deseo, un premio de consolación o como quieras llamarle. ¿Por qué decir *no* a esa muchacha cuando he sido, creo, un excelente padre, un eximio profesor, un maravilloso marido (según tú) y, sobre todo, cuando estoy a punto de sacrificar mi vida por la de ustedes cuatro? ¿Me entiendes? Espero que sí. Ojalá no me juzgues duramente. Podría haberme ahorrado esta confesión, lo sé. Pero junto con ésta te hago otra semejante: quiero que sepas que estos días con mi estudiante han sido las únicas dos ocasiones en que te he engañado, Rebeca. Y no estoy mintiendo. No pierdo nada en decírtelo dado que para cuando estés leyendo esta esquela ya habré pasado a mejor vida. Te amo, recuérdalo. Los amo a los cuatro. Adiós. Ahora voy a meter las sábanas sucias a la lavadora, no vaya a ser la de malas...

Hasta aquí la carta. Confieso que no dejó de impresionarme el tono del texto, a veces sarcástico y a veces cruel, pseudodramático: ¿era una broma o iba en serio o más bien se trataba de una broma en serio? Decidí llamar a *United Airlines* y preguntar si acaso el año pasado, por estas mismas fechas (debía ser un 6 de noviembre, según mis cálculos) se había desplomado un avión. La señorita me aseguró que no, que ningún avión de su compañía se había desplomado en los últimos ocho años.

—¿Está segura? —insistí temiendo ya que se trataba de una broma de Amparo. Estaba a punto de colgar, sin embargo se me ocurrió preguntar por el hombre en cuestión (Sebastián) y di su apellido.

—Permítame... —dijo con extrema cortesía, casi con filo, y después de un rato añadió—: Sí, ese día murió ese pasajero de un ataque al corazón justo a mitad de vuelo.

*Virginia, mayo 2000*

ELOY URROZ (1967) estudió la licenciatura en Lengua y Literaturas Hispánicas en la UNAM, recibiéndose con una tesis sobre el novelista Mario Vargas Llosa. Hizo la maestría y el doctorado en la Universidad de California en Los Ángeles (UCLA). Actualmente es profesor de literatura latinoamericana y española en James Madison University, en Virginia, Estados Unidos. Es miembro de la generación del *Crack* y autor de los libros de poesía *Ver de viento* (1998), *Sobre cómo apresar la vida de las estrellas* (1989) y *Yo soy ella* (1998); del volumen colectivo (con Ignacio Padilla y Jorge Volpi) *Tres bosquejos del mal* (1994, reeditado por Muchnick, 2000); ha publicado las novelas *Las leyes que el amor elige* (1993), *Las Rémoras* (1996), *Herir tu fiera carne* (1997) y *Las almas abatidas* (2000). Es autor también de los libros de ensayo *Las formas de la inteligencia amorosa: D. H. Lawrence y James Joyce* (1999, reeditado por Muntaner Editors, 2001) y *La silenciosa herejía: forma y contrautopía en las novelas de Jorge Volpi* (2000). Ha sido traducido al alemán y al francés.

# NOVIA DE AZÚCAR

*Ana García Bergua*

A Rosenda la atraje con unos cirios rodeados de grandes rosas que había colocado en el altar de muertos. Ese año se me ocurrió adornarlo sin incienso ni calaveras; más bien parecía, me dijeron los vecinos, un arreglo de boda, debido al pastel, a la botella de champán en vez del clásico tequila o la cerveza. En medio acomodé el retrato de Rosenda, otro más que encontré en el baúl de mi abuela. Supuse que había sido pariente nuestra y que por algo merecería regresar.

Me metí a la cama y fingí dormir durante varias horas. De repente, en la madrugada, escuché ruidos como de ratón. Junto al altar me encontré a Rosenda comiendo con glotonería el pastel de bodas. Su sayo blanco, algo raído ya, ceñido a la cintura y escotado de acuerdo con la moda que le tocó vivir, estaba manchado de crema y migajas. Nadie la había traído jamás, me dijo, desde su muerte; siglos creía llevar sumida en una oscuridad con olor a tierra. ¿Cuánto tiempo ha pasado?, me preguntó sorprendida. No demasiado, le respondí, sin aclararle cuánto. Era una mujer muy bella, de carne generosa, con una llama de temor en la pupila. Contra su pecho estrujaba unos crisantemos de tela. Le preocupaba que este fuera el Juicio Final, que nadie la fuera a perdonar por sus muchos pecados. No te apures, susurré, quitándole el ramo, yo te perdono. La ceñí por la cintura y descorchamos champán. A cambio de que me escuchara y de poder tocarla, le ofrecí saciar la sed y el hambre de tantos años. Con eso basta, me dijo ahíta, cuando pasadas las horas empezó a clarear el día. Luego se dispuso a regresar a su tierra ignota, pero yo la encerré con llave en el armario, sin hacer caso de sus gritos ahogados y sus lamentos. Me convertiré en polvo, lo queramos o no, gritaba entre sollozos.

Dejé pasar el día completo hasta que el armario quedó en silencio otra vez. Mientras, me ocupé de desmontar el altar con cierta ceremonia. Al ocaso, dispuesta ya la cena en la mesa y descorchado un tinto que recordaba la sangre, decidí sacar a mi muerta del armario, seguro de encontrarla dormida y hambrienta. Pero cuál no fue mi decepción: entre los chales de seda blanca de mi abuela yacía tirada, como empujada por el aire, una calavera de azúcar que llevaba el nombre de Rosenda en la frente de papel plateado, y que se me deshizo en polvo entre los dedos.

ANA GARCÍA BERGUA nació en México D.F. en 1960 y siempre ha vivido allí. Estudió letras francesas, pero sobre todo escenografía teatral, la cual se obstina en practicar por escrito. Es autora de dos novelas (*El umbral, Púrpura*) y un libro de relatos (*El imaginador*), amén de muchas reseñas y crónicas periodísticas. También es madre de dos hijas. Actualmente escribe la columna «Y ahora paso a retirarme» en *La Jornada Semanal*.

# LOS CERROS DE COBRE

*Pablo Soler*

«Usted sabe que tienden a pasarme cosas raras», dijo esa tarde de febrero don Patrocinio, a manera de introducción. «Permítame contarle lo último.» Asentí. Acabábamos de comer, una comida ecléctica como todas las que yo preparo (tortitas de tzompantles y tempura). Habíamos tomado un vino bueno y mexicano. Tardeaba. Al lado de su casa de ustedes la milpa seca estaba poblada de pájaros y de cantos. Afuera nos entretuvimos fumando, viendo el humo y las hormigas bajo el sol de la tarde.

Yo tenía propósito de pizcar. Le pregunté al doctor si le importaba; al negarlo luego de apagar la bacha, me puse a pizcar las cerezas de café que ya estaban del hermoso color escarlata que delata que están maduras. Yo no sé pizcar ni medianamente bien y eso que me enseñó don Chucho, al que Dios tenga en su gloria. Al arrancar la cereza de la rama uno debe cuidar que el punto de rotura entre el fruto y la vara sea tan justo que no se lleve uno también el rabito del que pende cada cereza de café, porque si no al año entrante no va a dar en ese lugar. La tarde anterior había extendido unos costales de ixtle sobre un soleado piso de cemento de una como pérgola que nunca se había terminado, y ahora servía, entre otras cosas, para secar el café.

Fui metiéndome entre las matas protegidas del sol por un aguacate alto pero picado y un ciruelo criollo que parecía un achaparrado árbol de la sabana. El doctor Greene me seguía. No se crea que la extensión sembrada de café por don Chucho era cosa del otro mundo. Había apenas unas cuarenta matas que daban. Sacaría, calculé, unas tres cubetas. De allí saldría, una vez despulpado y secado, y una vez que se le quitara el pergamino, molido y tostado, una sola cubeta, pero me hacía ilusión el hecho de, aunque no lo hubiera yo sembrado, cosecharlo si pudiera, y no dejar que los granos cayesen al piso y se pudriesen confundidos con la hojarasca. A pesar de lo idílico del cuadro, tenía problemas. Uno, muy concreto, era que en muchas de las ramas iba yo encontrando los nidos blancos y viscosos de unas arañas que no son buenas para el café porque sus telas, si las tejen cerca de las cerezas, las pudren. La voz de mi paisano me seguía.

«Iba a ser día de Muertos. Entre otros quehaceres había que ir a comprar ollas, cazuelas, cubiertos, cirios (todo tiene que ser nuevo para los muertos), mole en pasta, pan de muertos, refrescos, ron para hacer ponche de naranja agria, flores de cempasúchil, y cabezas de león y nardos y gladiolas blancas para el Señor Dios Padre y una carga de leña para aguantar toda la noche el desvelo.»

Don Patrocinio me iba a seguir platicando cuando se oyó de improviso el altavoz de San Pedro. Pronto pondrían valses. Oí la campana del zaguán. Salí a ver. Varios vecinos me esperaban para la colecta de «la artillería» (estos son los cohetes) y de la música. Regresé a la casa a buscar mi cooperación. Tengo para mí que los cohetes son una tradición que debe guardarse. Me gustan, aunque sé que tienen tanto sus pros como sus contras: mis perros, claro está, los detestan. Di cincuenta pesos y les aseguré que estaría en la fiesta del Santo Patrono. El pueblo celebraba a un santo polinesio. Era un día que a mí me hacía, y me hace, muy feliz. Habían habido mañanitas, peregrinos y danzantes, y mole verde en un barrio encaramado en las peñas.

Luego regresé. El doctor se había estado entreteniendo con las papalotas y los colibríes que zumbaban ahítos de la miel de plúmbagos y de colorines. Tenía su famosa anforita en la mano; y me invitó a un trago.

Este valle, dijo el doctor, refiriéndose a la joya encerrada en los cerros de cobre donde tanto él como yo habíamos últimamente fincado, «este valle no es tan sólo un lugar de gran belleza y muy tranquilo. Es, también, según las confusiones de nuestros días, de esta década díscola y ennegrecida, y como sabe usted muy bien, un lugar *mágico*, lleno de *buena vibra* para unos, punto de contacto con civilizaciones desaparecidas, un valle de brujos y de cuevas, umbral de secretos herméticos, y pista de aterrizaje de extraterrestres y otros visitantes del más allá. Mucha gente rara, aparte de uno mismo, lo ha elegido, más que como simple habitación, como cuartel, o como puesto de avanzada centinela. Se espera que pasarán muchas cosas, y si no pasan, pues no importa, pues de que han de pasar, han de pasar. A mí me cuesta mucho seguir ese tipo de conversaciones. Pero así habla todo mundo aquí».

Sonó el estallido de un primer cohete, como aviso de que se fuera uno preparando y su eco retumbó largo rato en todo el valle, en los paredones de los cerros de cobre.

«Este tipo de conversaciones se dan. Este día que le cuento era la víspera del día de los Fieles Difuntos —continuó el doctor—, la noche llegaban los muertos, día de misa, y banda, y ayuno y luego pozole, enseguida pisto, canciones, más y más de beber, cohetiza; y, a veces, había un muertito. Es curioso, pero no hay cantinas en el pueblo. Yo creo que esto se debe a la influencia de las mujeres, que de esta manera obligan a sus padres, maridos, hijos, primos y cuñados a beber en la vía pública y exponerse a que cualquiera te vea. Y muchas de estas mujeres serias y trabajadas y amables si sabía uno hallar el tono con el cual debía hablárseles, regañan cotidianamente a los borrachines; y piden por ellos a san Judas Tadeo, patrono de las causas perdidas, a la Virgen de Guadalupe, a santa Inés, que es muy milagrosa, o al señor san José, patrono de la buena muerte.

»En esta calle ya ha habido más de un muertito porque, siendo como es una calle tranquila, al estar sombreada por las ramas africanas de los ciruelos criollos, es evidente que a los *iguanos* les gusta. Aquí beben a sus anchas, y, bebiendo, usted sabe que a veces salen cosas que sería mejor que no salieran; se hacen los "dones" de palabras y, no faltando quien traiga un cuchillito o a veces hasta una pistola, el resultado es que hubo un "muerto matado" y que al día siguiente de la defunción aparecieron veladoras y flores; y, a los siete días, vinieron con gran seriedad a "levantarle la sombra al muerto", pues, por haber muerto violentamente, este rito es imprescindible, o, de lo contrario, no habrá de descansar en paz su alma.

»Nos había tocado a fines de septiembre uno, y, por las fiestas patrias, otro. Y a este lo conocía, y le tenía aprecio, pues me hablaba, don Wilfredo. Usted sabe que aquí se celebra no uno, sino cuatro días de Muertos. El día 30 es el día de los "matados" y el día 31 de octubre el de los muertos chiquitos; luego vienen Todos los Santos y, por fin los Fieles Difuntos. Cuando amaneció ese día 2 de noviembre me desperté pensando en don Wilfredo; luego me dispuse a irme al mercado.

»Fui caminando al mercado. El chevrolet viejo no cabe bien por la calle que a mí me gusta tomar. De regreso ya tomaría un taxi. Iba yo pensando en nada cuando divisé la iglesita de La Santísima. Como de costumbre me molestó ver que pasaban unas gentes por enfrente de su atriecito y su puerta abierta y no se persignaban. Luego me enojé conmigo mismo por molestarme. Al cabo a mí qué. No hay que juzgar. Ni que fuera yo un santo. Es más, juzgar a otro, y lo que sería peor, condenarlo, era una contundente prueba de cuán lejos me hallaba de cualquier asomo de santidad.

»Fui comprando: primero el copal, que me guardé en el bolsillo; luego los cirios (veinte, a veinte pesos cada uno); luego las flores; luego las cazuelas y las palas de madera para servir, y por fin el mole y una botella de ron con que convidar a mis vecinos. Los refrescos quedé con un taxista que él pasaría por ellos; y la leña no la encontré, así que me conformé con dos medidas de ocote. Metí todo el recaudo en el coche y ya iba a arrancar cuando me encontré con Didier. No sé si lo conoce. Era un mozalbete francés que había dejado patria, casa, granja, idioma, religión, familia y novia para venirse a hacer chamán en México. No le iba mal. Según él podía ya curar muchas cosas. Puede ser. Conocía bien los caminos de los cerros de cobre. Muchos "dones" le habían explicado cosas porque era inteligente, era extranjero y los escuchaba. A mí no me caía mal; por ejemplo llamaba a los árboles "hermano" y esto, desde san Francisco, es bueno. De hecho platicábamos a gusto a veces, pero siempre teníamos terribles discusiones en las que yo no siempre llevaba la mejor parte. Porque él, cuyo afán era comprenderlo todo y abarcarlo todo, y que además era joven, no se arredraba ante las ceremonias budistas, ni frente a los enigmas de los graniceros, ni ante las rameadas mexicanistas, ni los rituales que tuvieran que ver con los platillos voladores, ni nada: a todo, mota, jarilla, hongos, piedras, le entraba. Uno, frente a él, parecía siempre ser un viejo cerrado. Hacía ver mi religión odiosa. Hacía parecer a la gente envarada, y poco interesada, puesto que a él todo le importaba, y a todo le encontraba significación. Lo único que no hacía era beber; y ese rasgo me lo hacía más simpático, pues mis amigos y uno, y hasta usted, sin que seamos iguanos, bebíamos fuerte todavía. Didier es un personaje muy complejo, pero así somos todos, aunque usted todo lo ve o blanco o negro.»

Estuve a punto de contestarle, pero me contuve. Tal vez tenía razón; tal vez yo medía todo con una vara severa, y todo era o negro o blanco. Siguió con su cuento:

«Didier me invitó a un son. Yo, a pesar de haber prometido mi tarde, a pesar de tener a las doñas en su casa de usted esperándome, a pesar de tener muchos quehaceres, le pagué al taxista para que llevara todo a mi dirección y me fui con él. Subimos hasta otro pueblito, donde Didier vivía. Es acá arriba. Es un pueblo de mucha peor fama que este. Allá sí todos, se dice, son gente de mala traza: brujos, violadores, asesinos. El pueblo, en sí, es precioso, hundido entre neblinas y oliendo a ocote. Para no hacerle el cuento largo no sólo fumé con él, sino que fumamos, todavía no sé por qué, dentro del atrio de la iglesia. Apenas había apagado el toque cuando me di cuenta del tamaño horror que acababa de cometer. Didier estaba muy quitado de la pena, y tenía ganas de hablar. Pretextando algo, odiándome y aborreciéndolo, salí de allí, caminando con paso veloz por la carretera que subía y bajaba entre las extrañas formaciones de las montañas, pidiendo piedad a Dios. ¿Qué me pasaba? ¿Estaba yo loco acaso? No hacía ni quince días que me había confesado y ahí estaba, fumado, bajando como un loco, en un día de particular respeto, pues es el día anterior a la noche en la que llegan los muertos. Mi desasosiego era muy grande. ¿Qué podía hacer? Me daba tanta vergüenza, en serio, tanta.

»Bajo el límpido cielo de la primera tarde de noviembre, llegué al cruce, y esperé a la "ruta", es decir, al transporte público. Subimos hasta la parte de atrás del convento y allí me bajé. Debía parecer loco. Me fui a mi casa y me serené con un té de doce flores. Fue anocheciendo.

»Arreglé el altar con doña Nicasia. Nos quedó muy hermoso, y grande. Luego rezamos; luego cenamos. Al terminar rezamos de nuevo; yo le prendí una vela a mi abuelita y doña Nicasia prendió los diecinueve cirios restantes: uno por su papá, otro por su mamá, por sus padrinos, por los muertos de la calle de la Jardinera, por los muertos del desastre de Chalma, por los muertos de la guerra; en fin: diecinueve en total. Su corazón siempre me ha asombrado por lo grande que es.

»Nos había invitado a cenar pozole una vecina, doña Irene, y allá fuimos. Yo llevaba una caja de refrescos como regalo; doña Nicasia, el ron. Resultó que habíamos llegado demasiado temprano; aun así nos sirvieron unos platos inmensos. Yo seguía muy preocupado, de modo que me retiré antes de que comenzaran a rasguear la guitarra y a cantar puras canciones tristes, y me regresé a la casa. A doña Nicasia, que le encanta la jarana, la dejé en buenas manos, pues se estarían cantando toda la noche y parte de la madrugada.

»Desde que entré a mi casa supe que había alguien allí. Y también, con horror, supe que ese alguien no era un cristiano vivo, de carne y hueso, sino algo más. No sé aún si quise dármelas de valiente o si el terror me tenía clavado como un clavo en el umbral de algo que no entendía. Las llamitas de los cirios parecían almas; el camino anaranjado de pétalos de cempasúchil parecía hollado por pies aleves, y era evidente que alguien se había fumado un cigarrito cerca de la ofrenda de muertos. De pronto adiviné una forma. Era la forma de un hombre que lloraba, y me pareció más espantoso esto que si lo hubiera visto serio y callado. "¿Quién eres?", pensé que había dicho, pero estoy seguro que andaba tan espantado que no dije palabra.

»La pregunta surtió efecto. Era un ánima que había errado el camino al Purgatorio; supe, por un instante, del alma aterrada frente a la puerta y frente al Ángel del Señor, y de una historia que tenía que ver con Los Plateados, que fueron un grupo de jinetes que, ante el triunfo liberal, se hicieron salteadores de caminos, le agarraron gusto a eso de andar a salto de mata perpetrando crímenes y terminaron haciéndose crueles, envileciéndose, odiados. Y esta sombra, o esta figura, este polvo, esta nada, ¿qué tenía que ver conmigo? No lo averigüé. Hay algo que se llama los secretos nunca revelados a los blancos. Y yo soy blanco, tan blanco que don Félix, un nahuatlato, me preguntó un día si es que en mi país, de donde yo venía, había tamales. Y pues en Tabasco claro que hay, no como aquí, pero son muy sabrosos.

»Lo siguiente que vi fue el sol de la mañana y a don Feliciano, otro vecino mío, muy culto y medio chamán también. Don Feliciano me dijo que no tuviera miedo. Doña Nicasia me subió un té de árnica. "Lo fuimos a encontrar en la barranca." Y, en efecto, estaba todo mallugado, que es como dice el pueblo. "Eres parte —me susurró el viejecito al oído, en náhuatl— de una historia muy larga, que le decimos el sueño de San Dimas, y que no te voy a contar hoy, aquí."

»A la mañana siguiente busqué algún rastro de lo que yo creía había pasado. No encontré nada, aunque muchos de los cirios tenían, por sus formas caprichosas, grotescas, historias que contar de haber hablado; pero ya nomás me faltaba hacerle caso a lo que dicen que dicen los cirios. A darle las gracias a don Feliciano voy, le dije a doña Nicasia, y me dejó salir, pero el hombre no me quiso decir nada. Así sigo. Ya es la hora de los moscos. Vamos a regresarnos adentro. Dispénseme por esta historia tan larga, pero ¿sabe?, desde entonces, vivo penando.»

Y luego continuó: «He guerreado contra los insectos reales y los tigres virtuales, ¿no? Estuve durante el bombardeo de Bagdad en esa mansión de paz pero me salvé del naufragio del buque *México*. Investigo serpientes, crímenes y busco tesoros. Y luego me tragó el Popocatépetl y me vomitó luego de mucho en una exhalación. Alguien debería de escribir todo esto, ¿no cree?»

PABLO SOLER FROST nació en la Ciudad de México en 1965. Es católico. Ha publicado las novelas *Legión* (1991), *La mano derecha* (1993) y *Malebolge* (2001); los ensayos *Apuntes para una historia de la cabeza de Goya luego de su muerte* (1996), *Cartas de Tepotztlán* (1997) y *Oriente de los insectos mexicanos* (2001); el libro de poemas *La doble águila* (1998); la obra de teatro *La alianza* (1999) y los libros de cuentos *El sitio de Bagdad y otras aventuras del doctor Greene* (1994) y *Birmania* (1999). Prepara otro libro de cuentos, de donde se tomó este que ahora se publica, *Cuentantzingo*. Radica en México.

# AJEDREZ

## Martín Solares

Alejandro jugó en un torneo de ajedrez donde se apostaba la vida. Aunque el desafío iba en contra de sus principios, Alejandro estaba desesperado y se vio obligado a aceptar. De día buscaba trabajo, por la noche soñaba con ser un campeón internacional. Se imaginaba que vivía de apostar contra los retadores, hasta que se enfrentó a uno que apostaba más fuerte y jugaba mejor.

Una noche, después de haber vaciado los bolsillos de todos sus adversarios, Alejandro soñó que pretendía embaucar a un millonario. Estaba por convencerlo de apostar toda su fortuna cuando el magnate aceptó: «Muy bien, pero a condición de que juegues con mi maestro.» Y señaló en dirección de un árabe que tenía el rostro oculto tras el turbante. Alejandro estuvo a punto de negarse, pues no ignoraba en qué región del mundo se originó este juego, pero entonces sintió que le jalaban la camisa: era ni más ni menos que el gran maestro Capablanca, que le decía: «Acepta, chico, yo te asesoro», y Alejandro aceptó.

Se dirigieron al tablero, que estaba en el centro

de un gran auditorio. En cuanto entró en el lugar, Alejandro pensó que la disposición recordaba al Coliseo y notó que había una copiosa multitud en las gradas gigantescas: una multitud que se reía. La impresión de haber sido engañado se apoderó de él y esta sensación fue creciendo a medida que lo abucheaban, pero sobre todo, en cuanto vio a su rival. De lejos el adversario parecía cualquier persona, pero al ver cómo se desplazaba, algo en su modo de andar le recordó a los chacales. Cuando el rival se desprendió del turbante, Alejandro sintió que le fallaban las piernas, pues bajo el disfraz de árabe sólo había una calavera. Con esa manera de razonar que sólo se da en los sueños, Alejandro pensó: «Este tipo debe ser la Muerte», y le pareció lógico, porque el día anterior fue día de Muertos en el país.

No había que ser muy listo para saber quién era el favorito de la multitud, pero la fantasía de hacer fortuna pudo más que la prudencia. Abrió Alejandro. Un instante después, como un cazador exhausto que comienza una nueva persecusión, la Muerte replicó en el otro extremo del tablero. Al principio del juego sus movimientos eran tibios y remotos, como si no quisiera ganar —o como si otro estuviese jugando la partida. Mas quien la observara con calma diría que sin duda desarrollaba una estrategia. Si bien parecía inexpresiva, si bien no parecía un jugador profesional, cerca de la jugada número veinte, que es donde comienzan a decidirse las cosas, Alejandro notó que la Muerte no sólo había estado envolviendo con tenacidad de hormiga cada una de sus figuras, sino que podía cobrarlas en cualquier momento, justo en el orden en que Alejandro las tocó: de la primera a la última. Además, cada vez que la Muerte se movía, la imagen de su esqueleto desnudo asustaba a Alejandro y le impedía continuar: «¿Qué hacemos, maestro? —le susurró a Capablanca—. ¿Cómo es que voy a ganar?» «Chico, no tengo ni idea. No sabes cuánto lo siento: se nos ponchó la guagua.»

Al oír estas palabras, mi amigo comprendió que no tenía posibilidades y se dispuso a morir. Pero en cuanto creyó que lo había perdido todo, su suerte comenzó a cambiar. Aunque su contrincante era un jugador malicioso no tuvo dificultades para arrinconarlo con las torres y los alfiles. Cada vez que Alejandro cobraba una pieza la multitud se enervaba y el ambiente pronto recordó al del circo romano. El creciente malestar de los testigos le hizo preguntarse si respetarían su vida en caso de ganar y si no se estarían preparando para lincharlo. Así que se concentró y logró acabar con todas las piezas que opusieron resistencia. A pesar de los gruñidos y empellones de la multitud, Alejandro arrinconó a su rival lleno de inspiración, con suma facilidad. Estaba por eliminar al enemigo cuando se le ocurrió mirar la pieza que acababa de tomar. Entonces, cuando disfrutaba de su triunfo por anticipado, Alejandro descubrió que el caballo que tenía en la mano era en realidad una cebra. Y despertó angustiado, pues olvidó si jugaba con las blancas o con las negras.

Martín Solares (México, 1971). Editor y narrador. Actualmente estudia el doctorado en la Universidad de París y prepara su primera novela.

# DOMINGO

*Guadalupe Nettel*

Despertó sin las náuseas, con la sensación descansada de quien ha dormido profundamente, pero casi de inmediato, al mirar el cuerpo de la mujer, salió de la cama alarmado. Ella estaba de espaldas, con la cara escondida bajo la almohada, el torso descubierto y las piernas bajo la sábana. Lo único que sabía de ella era que nunca en su vida la había visto. Debió de haber permanecido en el cuarto menos de cinco minutos. Una vez en el pasillo, las preguntas y las recriminaciones se le echaron encima como una carga de gatos enfurecidos. Se preguntó dónde diablos, cómo, cuándo, y se dio cuenta de que no podía responderse.

Con pasos aún entumidos por el sueño, atravesó el pasillo, recogió el periódico que lo esperaba debajo de la puerta, leyó la fecha, domingo 2 de noviembre de 1997, el encabezado, «Segunda semana de incertidumbre en Wall Street», y lo dejó sobre la mesa de la cocina sin abrirlo siquiera. Lo mejor que podía hacer ahora era mantener la calma, por lo menos guardar la compostura; preparar un café severamente cargado; tomar algunas piezas de ese pan un poco duro que sobraba en la canasta y recordar con angustia el recorrido de sus últimas acciones, las últimas llamadas por teléfono, el almuerzo en casa de sus padres. No había huecos, el día anterior era un hilo continuo, sin nudos inexplicables, una línea anodina donde no tenía cabida ni su desconcierto ni el par de senos vislumbrados con la poca luz que atravesaba sus cortinas.

Quizá lo más natural hubiera sido despertarla, disculparse, explicar su reacción, sugerir incluso que lo ayudara a reconstruir el encuentro. Pero no se atrevió. Sin terminar la banderilla que había puesto sobre el plato, encendió un cigarro y siguió dando sorbos al café, amargo como un pequeño castigo. La sinceridad en ese momento hubiera rayado en el insulto, un discurso como aquel tendría regusto a mentira, a cinismo, sobre todo no a lo que espera una mujer que despierta en una cama ajena. Hacer eso hubiera sido cancelar para siempre aquella desgracia o festejo, no podía decirlo, que de pronto tenía en su casa. Se dijo que las cosas siempre tienen un orden y que quizá era posible recuperarlo, restablecer una red de citas y llamadas por teléfono que ahora no tenía en mente, pero que tarde o temprano iba a recordar con imágenes y deducciones. Aunque, ¿cómo saberlo sin hablar antes con ella? ¿Quién le aseguraba que no era la mujer de un amigo, que no los había presentado el dinero en alguna esquina o en alguno de esos bares que no solía frecuentar?

Por un instante volvió a ver los codos puntiagudos, los brazos finos alrededor de la almohada. El recuerdo de su cuerpo le parecía ya distante, como si en vez de haberla dejado en el cuarto hacía una hora la hubiera visto años atrás. De algún modo la mujer le era conocida y esa familiaridad inesperada le daba miedo. Las náuseas volvieron. Llevaba semanas incubando un malestar del que no quería saber nada y en el que se negaba a creer, como si la realidad mostrara de repente un aspecto ficticio, una falsa cara o como si él hubiera dejado de pertenecerle. Por la ventana de la cocina, miró la mañana. Un gato caminaba sobre la barda de enfrente. El edificio, comenzado hacía más de cinco años, seguía en construcción. La escena aumentó su sensación de asco. Sin saber cuándo exactamente había empezado a añorar un lugar distinto, con otro cielo, otros árboles, otra barda y otro gato. Esa impresión de desfase lo perseguía incluso en el trabajo. Y ahora la mujer. Tuvo ganas de volver al cuarto y echarla a patadas, qué atrevimiento, amanecer en su cama, qué falta de respeto. Muy pronto comprendió que no podía. No tenía la fuerza para golpear a nadie, al contrario, se sentía totalmente desarmado, indefenso, enfermo, a merced de cualquiera. Entonces comenzó a tener la sospecha de que ella no dormía. Ahora mismo debía aguardar en el cuarto, saboreando su desconcierto. Sin hacer ruido habría entrado a su casa como un ladrón y esperado toda la noche para sorprenderlo. ¿Actuaba sola o había sido enviada por sus compañeros de oficina? Los imaginó borrachos, en el salón de baile, al final de esa fiesta de disfraces a la que se había negado a asistir. Se levantó de la mesa. No había otra respuesta, eran ellos.

Debía de haber algún rastro en la sala, una bolsa, algún saco, un disfraz, un estuche de llaves en la mesita de centro. Tomás se puso a buscar por todas partes, sin resultado. Vencido por el malestar, se dejó caer sobre el sillón. De algún lugar cercano, quizá un apartamento vecino, le llegó el eco de un charlestón, casi podía escucharlo. Cerró los ojos, se imaginó bailando. La mujer que había visto en su cama seguía el ritmo perfectamente, como si en vez de acatarlo, dictara el compás a los instrumentos.

Incapaz de hacer otra cosa, decidió volver a la cocina y esperarla en la mesa, atrincherado en ese falso desayuno. Cuando despertara, ella sabría qué hacer, de todos modos era la única que conocía la situación y sus antecedentes. Decidió que si no se marchaba pronto —ojalá lo hiciera— le ofrecería un plato de cereal, seguramente menos rancio que el pan de dulce. Iba a llamarla «tú» hasta donde fuera posible, quizá emplearía apelativos cariñosos para ocultar la absoluta ignorancia de su nombre.

¿Por qué tardaba tanto? Eran casi las once y la luz entraba franca por los ventanales de la sala. Aunque lo intentó, no pudo explicar su tardanza sin algún dejo de tragedia o de culpa. Había sido absurdo levantarse de esa manera tan brusca, sin asegurarse primero de que ella estaba bien y dormía sin problemas. De todas formas era innegable que habían pasado la noche juntos, ¿por qué no había aprovechado la intimidad matutina para saber si era necesario preocuparse? De algún lugar igual de cierto y de ficticio que los pechos, que el cabello negro sobre la espalda, le llegó un sentimiento agrio de compasión por la mujer que en cualquier estado de ánimo o de salud —todo era posible ahora— se pondría la ropa sola para irse a su casa bajo aquel domingo hostil y caluroso. Se preguntó si al menos habían pasado un buen rato y trató de averiguarlo olfateando los rastros de la noche sobre la yema de sus dedos, pero en vez de un olor a piel distinguió el tufo a humedad con el que comenzaban las nauseas, pero esta vez el olor le resultó agradable porque junto a él venía el recuerdo de aquel lugar donde habían bailado.

¿Debía sumar esa mañana a las aventuras simples y poco memorables o a los verdaderos arrebatos de apasionamiento? El encuentro, si realmente había tenido lugar, era diferente. Veía algo trágico en él, algo inevitable.

Decidió volver a la recámara.

Una vez frente a la puerta, recordó que estaba desnudo. Por primera vez en varios días, una sonrisa pequeña se dio con rapidez sobre sus labios.

En el cuarto la noche era total. En la cama no había más que un insoportable tufo a humedad. Más allá de las nauseas, el olor lo invadió como una marea, como unos brazos delgados y voluptuosos que lo hubieran esperado toda la vida, con paciencia, para no apresurarlo, y ahora lo acogieran despacio, amorosamente, conduciéndolo a ese lugar no tan lejano como él había creído siempre, sino increíblemente cerca como cualquier domingo.

GUADALUPE NETTEL (México, 1973) estudia el doctorado en literatura en París. Es autora del libro de cuentos *Juegos de artificio* (IMC, México, 1992).

# EL BIENQUISTO A SU PESAR

*Ignacio Padilla*

Noviembre era siempre un mal mes para sentir nostalgia de España. De repente las lluvias de otoño se le venían encima como un aluvión de fango rojo, cálidas y extenuantes, y era entonces cuando el hartazgo, sus años de exilio voluntario y un pasado castellano que antes sólo le parecía aborrecible despertaban en su ánimo la perturbadora conciencia de su propia vejez. Negligente, abandonado a la costumbre y agobiado por la corte de aduladores que cada año le arrastraban al carnaval de sus miserias para que asistiese a la grotesca representación de su Tenorio, don José había perdido sin remedio la fascinación que apenas cinco años atrás le provocaban aquellas tierras jóvenes y calurosas, aquellos hombres que escenificaba su obra y declamaban sus versos en un idioma que seguramente él mismo habría acabado por hablar si la abulia no le hubiese aniquilado tan deprisa. Ahora todo le parecía inútil, las cosas y los actos se desmoronaban ante sus ojos igual que una máscara de cera que se derrite al calor para mostrar al fin que detrás de ella sólo había un hueco inmenso, un galán desfigurado, una alcahueta monstruosa o una enamorada vacua. Sólo su convidado de piedra seguía siendo el mismo en cada representación, sólo él mantenía la solidez pétrea de su nacimiento, como si estuviera siempre ahí para recordarle su propia solidificación hacia una muerte que ahora temía hallar ahí, al otro lado del mar, en una corte hechiza donde incluso el emperador Maximiliano y su séquito parecían participar en una mascarada que definitivamente terminaría de la peor manera posible.

Desde hacía algunos meses corría por el país el persistente rumor de que Maximiliano no duraría mucho en el trono. En las reuniones de la logia escocesa, don José había oído decir con espanto que el Gran Maestre de la Orden había resuelto desde Francia no apoyar más aquel reino mirífico y sospechosamente liberal que sólo le traía vergüenzas y desencantos, por lo que era de temerse que los masones yorkinos, aprovechando el desamparo en que había incurrido el infortunado Habsburgo, no dejarían pasar la ocasión para removerle y, en el mejor de los casos, enviarle de vuelta a Europa. Que Maximiliano estaba condenado al fracaso y la conspiración en su contra estaba en marcha, era algo que don José supo siempre y con certeza desde que él mismo llegó a México. Pero ni siquiera la inminencia de esa debacle esperada le servía ahora de consuelo o distracción. Era como si también ese desastre fuera parte de un libreto mil veces ensayado cuyos parlamentos, sin embargo, él mismo no acababa de aprender. Por eso le espantaba su inopinada falta de romanticismo, por eso le indignaba que el desastre así anunciado, el miedo y la proximidad de su propia muerte fueran también capaces de enquistarse en lo cotidiano hasta provocar en él la más absoluta indiferencia.

Pero este año, pensaba a veces don José, las cosas aún podían ser distintas. La prodigiosa historia que el capitán Rosique le había contado hacía unas semanas insistía en quitarle el sueño y le adelantaba una esperanza que, si bien no podía formular con todas sus letras, le permitía al menos prepararse para las fiestas de muertos con un entusiasmo a medias renovado. No que hubiera vuelto a él la ilusión de sus primeros encuentros con la escenificación del Tenorio americano, era más bien la vaga intuición de que muy pronto, de un modo aún incierto pero definitivo, conseguiría saldar una cuenta pendiente con asuntos y rencores que venían corroyéndole el alma desde hacía algunos meses.

El capitán Rosique era un hombre cabal, digno de todo crédito, y aunque él mismo, en un arranque de honestidad, había insinuado que parte de su relato podía parecer bizarro o desencajado, don José estaba seguro de que aquella historia debía de ser cierta y que el hombre que había llegado a Veracruz en el barco de Rosique vendría a buscarle más temprano que tarde para ejecutar un reclamo antiguo cuya larga postergación había sido para don José extremadamente dolorosa.

En ningún momento, desde luego, se había atrevido el capitán a declarar que aquel caballero fuese Tenorio, pero en sus silencios y en las inflexiones con que lo describió era evidente que sus sospechas no tenían otro propósito que poner a su interlocutor sobre aviso de que don Juan estaba en México. Pálido y solemne, con ese balancín que sólo puede esperarse de un marinero en tierra, Rosique aseguraba haber previsto las peores desgracias cuando las autoridades portuarias de España le informaron que un noble caballero y su mujer, cuyos nombres preferían mantener en el anonimato, le pagarían bien si accedía a embarcarles en secreto y de noche. Si aceptó aquel incómodo trato, confesó meses más tarde a don José, era porque el caballero en cuestión traía importantes salvoconductos de la logia de Valladolid, por lo que entonces dedujo que aquella petición de sigilo sólo podía deberse a algún secreto vergonzoso pero incuestionable que aquel hombre o su mujer querrían ocultar a toda costa de las miradas que solían abarrotar el puerto cada vez que un barco partía para México. Sus sospechas, dijo, parecieron confirmarse la noche en que finalmente embarcaron a los viajeros: desde el castillo de proa, Rosique vio llegar la carroza de su ilustre pasajero con un aura fantasmal que aún le estremecía el ánimo. El viejo gentilhombre y un lacayo de librea bajaron luego del coche una especie de sillín recubierto donde iba sentada una mujer diminuta e inmóvil cuyo rostro venía oculto por una toca que le daba una impresión entre nupcial y monjil. Una vez a bordo, la pareja se encerró en su camarote, y el capitán sólo pudo ver un par de veces al caballero sin que este le concediese demasiada atención. En su vida y correrías, Rosique había visto muchos hombres enfermos, carcomidos por el remordimiento o la melancolía, pero este, dijo luego a don José, era la tristeza encarnada, bastaba verle el cuerpo y esquivar sus ojos en altamar para saber que pocas almas en el mundo había tan tristes como aquella.

Cuando don José oyó a Rosique describir de esta suerte la tristeza del viajero, supo de inmediato que aquel no podía ser otro que Tenorio, y en cierta forma sintió por él una compasión que no experimentaba desde hacía muchísimos años, cuando se conocieron en las sesiones de la logia escocesa y las vidas de ambos parecían muy lejos de venirse abajo. Aquel sentimiento entre paternal y solidario, sin embargo, no le ayudó mucho a tranquilizar su espíritu ni a explicarse cabalmente las razones por las cuales don Juan habría decidido viajar a América. Eran ciertamente muchos los enemigos que Tenorio había sembrado en España, y en otros tiempos el encono de uno sólo de ellos habría bastado para que cualquier otro hombre huyese cuanto antes del continente. Pero Tenorio no era hombre para escapar de nada, menos aún de amantes despechados o maridos cornudos que hacía mucho habían resuelto ignorar a un seductor que, se decía, había pactado con Satanás. Otro debía de ser, por tanto, el motor de su viaje, el motivo de esa oscura peregrinación cuya finalidad don José sólo podía buscar en su propia persona, como si Tenorio, que nunca perdió la oportunidad para expresar su resentimiento por la manera en que don José le había retratado en sus dramas y sus versos, hubiera resuelto partir justamente porque él estaba ahí, agobiado y nostálgico en el fin del mundo, como un convidado de piedra en el cementerio de una España que cada vez parecía más herrumbrosa, más dispuesta a dejar sus últimos despojos en una corte absurda al otro lado del mar.

Incapaz al fin de entender el viaje de Tenorio, pero inepto también para descastarlo de su memoria o para dejar de intuir su proximidad como intuía la de su muerte, don José había dedicado las últimas semanas a investigar en vano su paradero. Nadie sabía de él, ni siquiera podían asegurarle que hubiese llegado ya a la Ciudad de México. En el puerto de Veracruz el propio Rosique les había visto partir hacia Jalapa, pero allá nadie sabía qué había sido de ellos. De esta suerte agobiado por la incertidumbre, don José no había tenido entonces más remedio que esperar el día de Muertos y la escenificación que de su obra harían otra vez los indios en el corral de Chapultepec. Si Tenorio estaba en México, se repitió con insistencia hasta que llegó aquel día fatal, seguramente estaría ahí, embozado, esperándolo, dispuesto a reclamarle o abrazarle después de tantos años de distancia y rencor. Después de todo, pensaba con resignación, Tenorio le había anunciado ya aquel encuentro en la última carta que este le había hecho llegar hacía algunos años, poco después de la primera escenificación de su obra en Madrid. Era una carta cargada de resentimiento como sólo puede verse entre amigos o amantes despechados, una melancólica declaración de principios donde don Juan, luego de desmentir el cinismo y la mezquindad que encontraba en el Tenorio de don José, le recriminaba sobre todo el haberle hecho inmortal. «Si usted al menos, como Tirso, me hubiese entregado al infierno del convidado de piedra —escribió entonces su resentido amigo—, me habría salvado de esta vida miserable donde un hombre es amado por todos menos por la muerte.» Y luego, como si en ello encerrara la amenaza que ahora, años más tarde, estaba a punto de verificarse, le había escrito que un hombre así condenado a la eternidad no tenía más remedio que entregarse al odio y la traición. «Usted —concluía el Tenorio en su carta— será ahora el único responsable de la demencia y el deshonor que esta criatura suya se dará a sembrar por estas tierras sin Dios.»

De modo que esa tarde los aduladores de don José no tuvieron que convencerle de salir, no tuvieron que escuchar sus eternos pretextos de fatiga o de salud quebrantada por el calor. Más bien le vieron salir con la elegancia encapotada del hombre que asiste a un duelo donde tiene todas las de perder y se congratularon de verle tan entero, más dispuesto que nunca a ver la representación de su obra. En el trayecto al castillo, don José experimentó por momentos el descanso de quien sabe que pronto va a saldar una deuda que le agobia desde hace tiempo. Incluso miró con satisfacción la florida legión de hombres y mujeres que anunciaba ya las fiestas de muertos, los escarnios, los peleles, los excesos de bebida en la peregrinación de la multitud que se dirigía hacia el cementerio como si asistiera a una copia burlesca de los bailes cortesanos que cotidianamente organizaba la emperatriz. Entonces, de manera inopinada y sin que hubiera un motivo para ello, don José descubrió en su mente un hecho inquietante en la historia de Rosique, un mensaje oculto que sobrepasaba la desazón del sigilo en el embarque o la imagen de esa dama encubierta de la que había hecho mención el capitán con una discreción casi oprobiosa. Lo que de pronto vino a sacudir su resignación ante esa historia era el salvoconducto de la logia de Valladolid que el caballero había presentado a Rosique para que este accediese a embarcarle. Pensó que si ese hombre era efectivamente Tenorio, Valladolid era el último lugar del mundo donde este habría podido conseguirlo de sus hermanos de la logia. Hacía tiempo que los masones del rito escocés habían sido brutalmente desplazados de Valladolid por los yorkinos y se decía que ahora peregrinaban en Francia como un ejército derrotado y en el exilio. En un arranque de terror, don José volvió a pensar entonces en la carta de Tenorio, y no pudo interpretar ya su presencia en México y sus palabras como la cita para una venganza personal y ansiada por ambos, sino como el anuncio casi desinteresado de un desastre mayor, de una escenificación fatal en cuyo reparto no estaba su propio nombre.

No se equivocaba don José. En alguna parte de su trayecto, al pie del castillo, le pareció ver una carroza en cuyo interior esperaba una dama a medias encubierta, y se estremeció cuando el viento alzó el velo de la mujer para mostrarle el rostro momificado e inerte de doña Inés. Entonces, apresado en el carnaval de sus terrores, don José apenas pudo distinguir el instante en que les detuvieron los soldados con la noticia de que esta vez no habría representación, pues un caballero había intentado asesinar al emperador.

Don José no lo pensó dos veces antes de abrirse paso entre los guardias, corrió hasta el patio del castillo y llegó justo a tiempo para ver a una cuadrilla de guardias que franqueaban con sus armas a un anciano de porte digno que don José reconoció de inmediato. Al verle, Tenorio le sonrió en silencio, esgrimió luego con la mano un saludo masónico y se echó a correr con la certeza de que los disparos de la guardia no le harían ningún daño.

IGNACIO PADILLA (Ciudad de México, 1968) estudió comunicación y literatura en México, Sudáfrica y Escocia. Se doctoró en Salamanca con una tesis sobre el diablo en la obra de Cervantes. Ha escrito las novelas *La catedral de los ahogados* (Premio Juan Rulfo para Primera Novela 1994), *Imposibilidad de los cuervos* y *Si volviesen sus majestades*; los libros de cuentos *Subterráneos, Últimos trenes* y, de próxima aparición en Espasa-Calpe, *Las antípodas y el siglo*. Es también autor de varias novelas para niños y actualmente es agregado cultural de la embajada de México ante el Reino Unido.

# EPÍLOGO

# FILÍPICA CONTRA ALTARES

*Guillermo Sheridan*

*Lo confieso: aborrezco el día de Muertos. Encuentro las calaveras de azúcar tan desagradables como las humanas, ese cascajo del rostro. Como decoración son feas, como alimento son veneno y como memento mori son ineptas. Me negaría a comer «filete de occiso» o «ensalada de finado», entonces ¿por qué pan de muerto? La flor de cempasúchil me parece horrible: es la antiflor, un margaritón obeso de color industrial. El copal me produce asco: seguramente la Coatlicue lo usaba como desodorante. Me irrita que, a nombre de una dizque tradición, por lo menos parcial, proliferen pésimos versitos; que se inscriba a los niñitos en la necrofilia; que los disfracen de autopsia; que los ingresen a la abominable secta xipe totec y que les enseñen a creer que «la vida no vale nada» (y a obrar en consecuencia).*

*Los altares de muerto me parecen repulsivos, como culto y como estética: demagogia metafísica, animismo baladí, oficinas de reclamación a destiempo, ganas de subirle el colesterol a un fantasma previa identificación con foto mosqueada. Encuen-*

*tro ruidoso su abigarramiento de velas hediondas, sahumerios ramplones, frutas letales, tequila adulterado, fotos y flores agónicas. No son bonitos, no los encuentro conmovedores, evocadores ni mucho menos «tiernos». Me desconcierta la esencial cobardía de suponer que los muertos sólo son recordables en fiestas tumultuarias y escenográficas. Me choca que se convoque a los muertos a que coman, beban y echen bala como partiquines del anodino drama de ser recordados.*

*En fin, no he coqueteado con la muerte, no tengo póster de la calavera de Posada, ni me quiero pasear con la «muerte catrina» por la Alameda, ni me refiero a ella como «la huesuda» ni la «patas de hilo», ni me río de ella, ni me la «vacilo», ni brindo por su salud.*

*En especial, me desagradan los sacerdotes del ritual: los que expropian ese rito tedioso y lo convierten en un ancla de su identidad a la deriva. El baba-cool de Coyoacán que expropia un andador de la plaza y grita que por ahí «sólo pasa Nuestra Madre la Muerte» mientras los clics de las cámaras hacen patria. El día de Muertos es un invento de antropólogos, una excrecencia del Indio Fernández, un estremecimiento de Frida Kahlo. Promueve un turismo narcisista no por nuestras convicciones sino por «nuestras tradiciones»; la santificación laica de un día que, para sobrevivir, se convierte en espiritismo social; la avidez de una clase media ilustrada adicta a las «buenas ondas». Nada le gusta más al sentimental que apropiarse tradiciones ajenas, salvo fingir que son suyas.*

*La única tradición verdadera del sentimental*

*es su obstinación en preservar tradiciones que, de serlo realmente, poco necesitarían de su fervor: un fervor —diría Cuesta— no porque vivan esas tradiciones, sino porque se preserven. Porque procurar ser ilustrada, racional, científica y sacar de la superstición al pueblo le sería una tradición más propia que la de alimentar difuntos. A fin de cuentas, se ha educado en un racionalismo que viene del XVIII mientras el día de Muertos es un apartado contracultural de los sesenta. Pero, aburrido o apenado de su catolicismo, el sentimental decide que la calaca es la neta y prefiere comulgar con pan de muerto: al poner su altar no invierte una fe, practica una nostalgia.*

Guillermo Sheridan (México, 1950) ha publicado ediciones críticas, biografías y ensayos sobre poesía mexicana (los «Contemporaneos», Ramón López Velarde, José Juan Tablada, José Gorostiza, Octavio Paz). Ha publicado una novela (*El dedo de oro*, Alfaguara, 1997) y varios libros que recogen las crónicas que ha publicado en revistas como *Vuelta* y *Letras Libres*.